Clara Sudermann

Am Glück vorbei

Leseklassiker

Clara Sudermann

Am Glück vorbei

ISBN/EAN: 9783955630171

Auflage: 1

Erscheinungsjahr: 2013

Erscheinungsort: Bremen, Deutschland

Leseklassiker

Der Oberförster Hagedorn war von einer mehrtägigen Inspektionsfahrt durch Wälder, die er außeramtlich verwaltete, heimgekommen und hatte es sich in seinem Zimmer, dem eigentlichen Wohnzimmer der Familie bequem gemacht.

Über dem großen Rundtisch mit seiner grauen Marmorplatte brannte die Hängelampe, der altmodische Messing-Teekessel summte, und der Kaffee, den Fräulein Perl, des Hauses getreue Hüterin, zu brühen begonnen hatte, duftete. Die Windstöße, die gegen die Holzläden dröhnten, der Regen, der klatschend auf die Fensterbleche fiel, und das Brausen der Waldbäume jenseits des Weges machten es drinnen noch behaglicher. Der Oberförster, seine Tochter Maggie und Fräulein Perl tranken ihren Kaffee in vollem Verständnis dieser Wohlgeborgenheit und störten nur hier und da durch ein Wort die gemütliche Stille.

Der Oberförster lag müde und breit in seinem Großvaterstuhl. Sein verwittertes Gesicht mit den kleinen grauen Luchsaugen war eitel Behagen, und der Teckel »Max«, der sich auf seinem Schoß zusammengerollt hatte, machte sich die gute Laune seines Herrn zunutze. Er wurde freundschaftlich geknufft und gestreichelt.

Sein Zwillingsbruder »Moritz« hatte es nicht so gut. Maggie, in einem niedrigen Schaukelstuhl lehnend, hob ihn an den Füßen auf, zauste ihn an den Ohren, küßte ihn auf die Schnauze, kniff ihn in den Schwanz, wie es ihr in dem faulenzenden Schweigen gerade einfiel.

»Komm mal her, Gretel!« rief dann der Vater hinüber. »Heut' spendier ich mir eine von den Festzigarren und dir eine Zigarette, na?«

Maggie sprang auf. Sie war mittelgroß, voll und geschmeidig, hatte ein warmgetöntes, klares Gesicht mit großen, grauen Augen und eine Fülle dunkel aschblonden Haares.

Der Vater sah sie wohlgefällig an und nickte mehrmals in Gedanken.

Maggie lachte hell.

»Wen hast du denn wieder für mich aufgestöbert, Papa?« fragte sie übermütig. »Wie ist er denn? Klug – dumm, hübsch – häßlich? Natürlich reich, – aber wo?«

Der Oberförster machte ein verdrießliches Gesicht und sah nach Fräulein Perl, die schon ihr Strickzeug vorgenommen hatte.

»Aber Maggie! Wie kannst du nur ...« sagte diese wie auf Stichwort.

Maggie hantierte mit kurzen und energischen Bewegungen am Pfeifentisch herum, brachte die Zigarre, steckte sie an, nahm sich eine Zigarette und rückte mit ihrem Schemel zu dem Vater.

»Du weißt ja schon lange, daß ich dir über den Kopf gewachsen bin, Papachen!« sagte sie. »Also keine Feindschaft, und erzähle ... Warum machen wir uns heute einen Feiertag mit Rauchorgien und unserem liebenswürdigsten Gesicht, warum mustern wir unsere häßliche Zweite, als ob sie die schöne Älteste wäre, – warum?«

»Na, mein Döchting, das war man so ... Aber was Nettes ist mir wirklich passiert. Also in Graventhin treffe ich wen? Ausgerechnet den Seckersdorf.«

»Ah ...« Die beiden Frauen riefen es erstaunt. Dann fragten sie gespannt durcheinander: »Also wirklich, Seckersdorf? Wollte der hierbleiben, wollte er Tromitten selbst übernehmen? Wie sah er in Zivil aus? War er noch ebenso still und ungeschickt? Merkte man ihm seinen künftigen Reichtum an? Hatte er Gertrud erwähnt?«

»Still! Still! Still ...« rief der Oberförster in das Gefrage. »Er ist ein netter anständiger Kerl, scheint was gelernt zu haben. Ob er hierbleibt, ist noch unbestimmt. Jedenfalls will er aufforsten lassen und hat mich gebeten, die Geschichte zu machen. Das wirft was ab. Und brauchen können wir ja so einen Extrazuschuß immer!«

Maggie sah nachdenklich in die Lampe. Wenn sie so still saß, nahm ihr Gesicht einen Ausdruck kluger, kalter Härte an, der zu den weichen, rosigen, an das Flämische erinnernden Formen einen auffälligen Gegensatz bildete.

»Er kommt also wohl her?« fragte sie. »Das hätte einer ahnen sollen, damals, als ihr so empört auf ihn und die arme Gertrud wart. Was für ein gräßliches Pech haben doch die Leutchen gehabt! Wenn man denkt, daß er ein halbes Jahr nach Gertruds Hochzeit der Erbe eines steinreichen Mannes wurde.«

»Werden soll, Maggie!« verbesserte Fräulein

Perl. »Mit der Trude ging's doch nicht. Er hatte ja nicht einmal die Zulage. Und ...«

»Ich nicht die Kaution!« fiel der Oberförster kurz ein. »Und der Laukischker wollt' das Kind durchaus haben. Das war denn doch eine andere Partie, als so 'n Infanterieleutnant, wenn schließlich auch der Onkel vielleicht das Notwendigste hergegeben hätte.«

»So?« fragte Maggie aufhorchend. »Ich denke, es hieß damals, der Onkel wäre auf nichts eingegangen, als du ihm die Vorschläge machtest.«

»Ach!« Der Oberförster zuckte mit den schiefen, grauen Brauen, ein Zeichen, daß ihm nicht behaglich war. »Was weißt du! Du warst ja noch ein halbes Kind! Die Gertrud hat's verständig aufgefaßt und braucht's nicht zu bereuen. Der Kurowski ist gerade nicht mein Schwarm, aber das Kind hat's doch wie eine Fürstin.«

Die beiden Frauen sahen sich schweigend an.

»Oder findet ihr etwa nicht?« rief der Oberförster heftig.

»Ruhig, Papachen!« sagte Maggie und legte ihre weiche Hand auf seine knochige. »Wenn nicht, wir können's nicht ändern. Aber alles in allem, der Seckersdorf wär' mir schon lieber als Schwager, besonders jetzt, wo er so reich ist.«

Der Oberförster lachte.

»Wenn du nur ein bißchen Grips hast, Mädel, und nicht bloß immer die große Schnauze ... mach du dich doch dran. Zeit ist's. Vierundzwanzig ist eine ganz schöne Zahl für ein Mädchen.«

»Recht hast du,« stimmte ihm Maggie nachdenklich zu. »Wollen uns die Sache mal überlegen. Wenn er kommt, spiel' ich ihm die zweite Auflage Gertrud vor. Was mir an Schönheit fehlt, geb' ich an Sanftmut zu, und die Geschichte wird sich schon machen.«

Der Oberförster sah sie mißtrauisch und unzufrieden an.

»Du bleibst ja doch sitzen, mit all deiner Klugheit,« sagte er. »Mit der Gertrud war es anders. Da kam dieser und jener. Übrigens ist der Seckersdorf in Waldlack mit Kurowskis zusammen gewesen. Er erzählte das so nebenbei, sagte, die Trude sieht elend aus. Wenn ich mich bloß besser mit dem Kerl, dem Kurowski stellen könnte! Man ist ja wie abgeschnitten von dem Kind. Jeder Fremde weiß mehr.«

Er streichelte sorgenvoll das dicke Wellenhaar seiner Zweiten.

»Das wird schon alles besser werden, Papa,« tröstete das Mädchen. »Wollen uns darüber jetzt nicht den Kopf zerbrechen. Erzähle lieber, wie war's sonst in Graventhin? Wieder großartiges Diner? Und schlecht serviert?«

Der Oberförster erzählte von den Erlebnissen der drei Tage. Er bestellte Grüße, meldete Nachbarbesuche an und berichtete ein bißchen Klatsch. In Waldlack war wieder gejeut worden, zwanzig Mark der Point. Der Althöfer hielt sich immer noch, hatte neulich wieder ein großes Sektfrühstück gegeben. Wie war's nur möglich, daß die Leute da noch fröhlich mitzechten? Maggie warf ein, das wäre das Klügste, was sie tun könnten, sie wünschte nur, es käme noch zu einem einzigen Ball da, vor dem Zusammenbruch, denn so nett wäre es nirgends.

Und so ging das Gespräch weiter. Der Regen strömte heftiger, der Wind heulte. Fräulein Perl strickte, Hagedorn und seine Tochter rauchten und spielten mit den Hunden.

Da knirschte draußen auf dem Kiesweg ein Wagen. Die beiden Teckel hoben die Köpfe. Der Oberförster sprang auf.

»Kinder ... Besuch! Bei diesem Wetter! Und ich in Pantoffeln. Empfangt ihr!«

Aber ehe er noch das Zimmer verlassen konnte, zugleich mit dem Mädchen, das die Tür öffnete, drängten sich zwei blondköpfige Jungen herein, stürmten auf ihn los und hängten sich an ihn.

»Großpapa! Großpapa! Da sind wir. Tante Maggie ... Perlchen!«

Der Oberförster hob einen nach dem andern verdutzt in die Höhe.

»Wo kommt ihr denn her, Jungens, und allein?«

Sie konnten die Antwort schuldig bleiben und die winselnden Teckel begrüßen, denn ihre Mutter, Gertrud von Kurowski, kam langsam herein.

»Gertrud ... Du? Das ist ja himmlisch! Trude ... in diesem Wetter!«

Die beiden Schwestern lagen einander in den Armen. Die ältere preßte ihren Kopf fest gegen den

Hals der jüngeren. Dann küßte sie den Vater und Fräulein Perl.

Alle drei standen um sie und sahen sie erwartungsvoll an. Sie kam selten nach Hause, seit ihr Vater und ihr Mann einen großen Streit gehabt hatten und einander nicht mehr besuchten. Monatelang war sie nicht da gewesen. Jetzt stand sie still und mit gesenktem Kopfe da.

Sie war sehr schlank, einen halben Kopf größer als die Schwester. Aus einem sehr regelmäßigen schönen Gesichte sahen graue, sanfte Augen schüchtern und traurig um sich. Der Kopf trug einen dicken Knoten schimmernden, weißblonden Haares. Ein Hauch der scheuen Vornehmheit, die sich in die Formen äußerster Einfachheit zu hüllen liebt, ging von ihr aus. Ihr dunkelblaues Tuchkleid schloß knapp an den schlanken, schönen Körper und knisterte, wenn sie sich bewegte.

»Wie blaß du bist, Gertrud! Ist etwas geschehen?«

Sie nickte. »Bringt die Kinder fort, ja? Ich habe euch viel zu sagen.«

Fräulein Perl führte die Jungen in das Eßzimmer.

Der Oberförster war rot geworden. Seine Blicke suchten unruhig die Tochter.

»Hoffentlich kommst du mir nicht ...«

Gertrud machte eine kleine Bewegung mit der Hand, und er war still, musterte sie aber mit mißtrauisch finsteren Augen. Maggie nahm ihre herabhängende Hand und küßte sie.

»Ja, Papa!« sagte Gertrud. »Du mußt mich mit den Kindern schon bei dir behalten. Kurt hat mich fortgejagt. Er hat das schon oft getan, aber diesmal hab' ich ihn beim Wort genommen. Ich kann nicht mehr bei ihm bleiben.«

»So ... du kannst nicht mehr bei ihm bleiben? Und weshalb denn nicht? Hat wohl eine von deinen horrenden Schneiderrechnungen nicht gleich bezahlen wollen? Oder kein Fuhrwerk gegeben, oder so eine ähnliche Untat begangen? Nein, mein Kind, ich bin dem Kurowski weiß Gott nicht grün. Aber daß meine Tochter ihm so einfach von Haus und Hof läuft, sagt: Ich kann nicht bei ihm bleiben ... das gibt's bei mir nicht!«

Er lief hin und her. »Was war denn los?« polterte er endlich und blieb vor ihr stehen.

Sie weinte.

»Heul' nicht ... erzähl'!« sagte er ungeduldig.

Da nahm Maggie sie in die Arme.

»Wenn unsere Trude so ankommt wie jetzt, dann muß was Großes passiert sein. Quäle sie nicht, Papa. Meine arme, arme Trude!« Sie streichelte das zarte Gesicht und setzte die Schwester in den Lehnstuhl. »Sieh sie doch an. Ist das denn menschenmöglich? Bist du krank? Was hat er dir getan, Liebling? Nein, sag' nichts, das bekommen wir schon allmählich heraus, lehne dich an und weine – weine, das wird dir gut tun.«

Die junge Frau legte gehorsam den Kopf an die

Lehne und machte die langbewimperten Augen zu. Ein leises schauerndes Zucken hob ihre Schultern.

»Laßt mich hierbleiben ... laßt mich hierbleiben. Papa, ich bin doch deine Älteste ... du hast mich doch lieb ... laß mich hierbleiben!«

Der Oberförster schlürfte herum. Dann waren alle still. Der Wind heulte wie vorhin, die Lampe summte, und im Nebenzimmer jauchzten die Knaben und kläfften die Hunde.

»Was hat er dir getan?« fragte der Vater und legte seine große Hand auf das kleine weißblonde Köpfchen der Tochter. Die richtete sich auf und schmiegte sich in seinen Arm.

»Von Tag zu Tag ist es schlimmer geworden. Ich habe geduldig stillgehalten. Zuletzt dachte ich auch, ich wäre so schlecht, so häßlich und so untauglich, wie er immer sagt, und da wär' nun nichts mehr zu ändern. Ich habe fast kein Wort mehr sprechen können, aber fortgelaufen wäre ich doch nicht. Ich weiß ja ... die Kinder ... und der Skandal! Aber gestern abend hat er mir vorgeworfen, daß ich ihn schamlos betrogen habe und ihn von neuem betrügen wollte. Da hab' ich mir's über Nacht überlegt, habe die Kinder genommen und bin nach der Station, nach Winge gegangen.«

»Drei Stunden! In diesem Wetter!« fluchte der Oberförster.

»Die Jungen sind abgehärtet und gut zu Fuß. Dann, in Friesstein, fand ich Fuhrwerk hierher.«

Maggie sah finster und tiefatmend auf die

Schwester. Der Oberförster schüttelte sich. Er konnte nicht lange unbehagliche Dinge tragen. Er schob sie einfach von sich.

»Wir sprechen morgen mehr darüber!« sagte er. »Die Sache werd' ich wieder einrenken. Dir soll dein gutes Recht werden, darauf verlaß dich. Vorläufig nehm' ich an, daß du deinen alten Vater auf ein paar Tage ...«

Gertrud richtete sich angstvoll auf. Maggie setzte sich zu ihr auf die Seitenlehne des Sessels und legte den Arm um ihre Schultern.

»... ein paar Tage, sag' ich,« fuhr der Alte fort, »besuchst, wie sich's gehört. Und dann werden wir weiter sehen. Weiß er, daß du hier bist?«

»Ich habe einen Brief zurückgelassen.«

»Na, da haben wir also zu erwarten, daß er mit Trara hier anrückt und dich und die Jungens zurückholt.«

»Glaub' das nicht,« sagte Gertrud. »Er wird froh sein, daß er allein bleibt ... Vorläufig ... bis ...«

»Donnerwetter!« murrte der Oberförster.

Maggie sprühte vor Empörung über den Widerstand des Vaters.

»Na,« sagte der dann einlenkend, »wir werden sehen. Reg' dich jetzt nicht auf. Und nun ... Jungens, herein!«

Die Knaben, an die Fräulein Perl großmütterliche Ansprüche machte, lagen in den ehemaligen Kinderbettchen von Mutter und Tante und konnten vor Jubel und Aufregung nicht einschlafen.

Gertrud und Maggie, die nach gequältem, unpersönlichem Gespräche sich nun endlich zur Ruhe begeben wollten, kamen noch einmal zu ihnen. Die Mutter küßte sie leidenschaftlich und fing bitterlich an zu weinen. Maggie zog sie fort.

»Nicht doch, Trude, Alte! Auf Kindergesichter sollen keine Tränen fallen. Komm, wir sind ja jetzt für uns, da kannst du dich hübsch ausklagen.«

Sie traten in die geräumige Balkonstube, die sie schon vor Jahren gemeinsam bewohnt hatten. Gertruds altes Bett war in derselben Ecke, in der es früher gestanden hatte, für sie hergerichtet.

Etwas erstaunt sah die junge Frau sich um und hörte auf zu weinen.

»Du, was hast du mit unserer hübschen Stube gemacht?« fragte sie.

»Den Plunder hinausgeworfen,« sagte Maggie vergnügt. »Die Kattungardinen und Mullvorhänge, die Makartsträuße, na alles. Nur die Puffs hier, dein glänzender Einfall, die höchst eigenhändig gepolsterten Bierfäßchen, die sind noch da, folgen aber auch, sobald ich was Besseres habe. Dafür ist dieser famose alte Schrank zugekommen, da der Stuhl, echt Empire, und an deinem Bette der Gobelin. Hübsch, was?«

»Nein,« sagte Gertrud energisch. »Früher war's ein hübsches, luftiges Nestchen mit all dem unschuldigen Mädchenausputz; jetzt kommt es mir wie eine leere Trödelbude vor. Wo ist der Toilettentisch?«

»Alles weg. Als ich - wann war's doch? - Februar oder März zuletzt bei euch war und deine neue, wundervolle Schlafzimmereinrichtung sah - sie ist einfach herrlich, wie überhaupt alles in Laukischken, ich weiß gar nicht, wie du es hier aushalten wirst - ja, also, wie ich da nach Hause kam und hier den Firlefanz vorfand, hab' ich vor Wut geweint, und alles Billige und Unechte abgerissen.«

Gertrud sah sie aus großen Augen an.

»Neidisch, Maggie?« fragte sie. »Lieber Gott!«

»Neidisch auf dich, Trude? Nein. Aber, daß man so was haben kann, und daß ich es nicht habe, das ärgert mich. Und bis ich so weit bin, will ich lieber kahl und einfach hausen.«

Gertrud schüttelte den Kopf.

»Du,« sagte Maggie lebhaft, »unterschätze das nicht, was du so leicht aufgeben willst. Es hängt mehr daran, als man glaubt. Sieh mal, ich wette, du vermissest schon deine Jungfer, kannst dir die Taille nicht aufmachen, die Stiefel nicht ausziehen und weiß Gott, was noch alles.«

»Ich werde das alles ganz leicht wieder lernen,« sagte Gertrud bittend. »Und heute hilfst du mir ja doch ein bißchen, nicht wahr?«

Maggie umarmte sie stürmisch und stand ihr mit zitternden Händen bei. Als sie das prachtvolle Haar löste, das weißschimmernd über die Stuhllehne fiel, legte sie das Gesicht hinein und fing an zu weinen.

Und Gertrud drehte sich um und weinte krampfhaft mit. Und dann setzten sie sich auf eines der schmalen Mädchenbetten und hielten sich umschlungen, nannten sich mit den alten Kinderstuben-Kosenamen und sagten, nun wäre es wie früher.

Dann fuhr Maggie auf. »Der Schuft, der Schuft! Was hat er aus dir gemacht? Wo ist deine goldige, himmlische Schönheit hin? Du hast ja Falten ... da ... und da ... und grau und mager bist du geworden ... und doch erst achtundzwanzig Jahre!«

Gertrud lächelte traurig. »Das ist ja sein Ärger auch beständig, daß ich so häßlich werde,« sagte sie. »Mir ist's gleichgültig; das heißt, nein –« Sie weinte wieder bitterlich.

»Ach, du bist ja doch noch immer die Schönste von allen,« tröstete Maggie. »Und dir fehlt ja nichts als ein bißchen Glück, meine arme, arme Trude. Was machen wir nur? Sprich dich aus, wenn du magst, mein liebes Herz.«

Doch Gertrud konnte nicht gut von sich reden. Wenn sie ihren Mann verklagt hatte, schwächte sie die Anklage gleich ab. Sie erschrak, wenn sie ein hartes Wort aussprach, und suchte nach einem milderen Ausdruck, wenn sie etwas gar zu schroff genannt hatte.

Aber in diesen rührend abgebrochenen Sätzen lag ihre ganze Geschichte.

Maggie sah dabei förmlich den Schwager mit seinem spöttischen Lebemannsgesicht, hörte seine grausamen Worte, gegen die das arme, zarte Weib da wehrlos war. Sie zitterte mit der hilflosen Schwester unter den seidenen Decken, wenn sie im Geiste ihn sich vorstellte, wie er heiß und angetrunken in das Schlafzimmer trat, und sie schrie auf, als Gertrud etwas von Gewalt murmelte.

»Geschlagen? ... Dich?«

»Nein. Aber wenn ich nicht immer still gewesen wäre ...«

»Trude, weshalb bist du nicht längst fortgelaufen?«

Sie schwieg. Sie zog frierend die Spitzen ihres Pudermantels fester um die Schultern und sah mit ihren großen, traurigen Augen so hilflos um sich, daß Maggies Herz vor Trauer und Empörung schwoll.

»Komm zu Bett,« sagte sie. »Du bist kalt. Ich bleibe bei dir sitzen und nehme deine Hand, mein armes Kind. Weißt du, wie du früher tatst, wenn ich Spukgeschichten gelesen hatte und nicht einschlafen konnte. Komm ... komm.«

Und sie zog die Schwester aus und brachte sie mit mütterlicher Sorgfalt zu Bette.

Gertrud ließ sich alles gefallen und sagte, das täte gut. Wenn sie nur bleiben dürfte! Bei Maggie wäre ihr wohl, da hätte sie keine Angst.

Maggie dehnte den prachtvollen, üppig schlanken Leib. »Es sollte auch mal einer wagen, dir zu nahe zu kommen. Für dich setze ich alles ein, was ich übrig behalte, wenn ich für mich gesorgt habe.«

Gertrud richtete sich auf und sah sie fragend an.

»Warum sagst du so was?«

»Weil es wahr ist, Trude. Ich kann nun mal nicht anders. Ich muß immer zuerst an mich denken, und was für mich am bequemsten und besten wäre. Aber dann kommst du, Liebling. Du bist das einzige, was ich ganz liebhabe. Von Kindheit an. Vielleicht, weil du so anders bist. So zerbrechlich und so schön und gut.«

»Ach, Maggie, ich bin nichts, als zuviel auf der Welt,« weinte die junge Frau.

Maggie löschte die Lampe und setzte sich zu ihr.

»Nun wollen wir mal vernünftig reden, Kind!« sagte sie. »Sei still, erzähle mir nur, wie das denn nun so mit einem Male zum Klappen gekommen ist.«

Aus dem Schluchzen und den unverständlichen Worten klang ein Name voll heraus: »Seckersdorf«.

Maggie fuhr zusammen. »Hast du ihn noch immer lieb?« fragte sie leise.

»Gott bewahre! Nein, nein, nein!« sagte Gertrud heftig. »Aber wir trafen neulich in Waldlack zusammen. Ich hatte keine Ahnung, daß er hier ist. Und wir saßen bei Tisch zusammen.«

»Und da hat er dir den Hof gemacht?«

»Ach, nein. Wir haben uns nur angesehen. Aber, Maggie, das Herz wurde mir ganz schwer. Die lieben, stillen, blauen Augen. So vorwurfsvoll und traurig.«

»Und was sagte er?«

»Wir haben nur wenig gesprochen, aber Kurt behauptete nachher, ich hätte mich lächerlich gemacht, und jeder Mensch hätte sehen können, daß ich mich betragen habe, wie eine ... eine ... Ich habe ihn ja vielleicht auch liebevoll angesehen. Aber wahrhaftig nicht absichtlich. Ich möchte lieber tot sein, als das tun.«

»Und Kurt machte dir zu Hause eine Szene?«

»Oh, er war maßlos. Ich kann all die Beschimpfungen gar nicht wiederholen. Und er jagte mich fort. Ach, Maggie, du hast ja keine Ahnung, wie furchtbar es ist, verheiratet zu sein.«

»Doch, doch!« sagte Maggie. »Ich kann dir sagen, wenn man nicht alt würde, oder sehr reich wäre und leben könnte, wie man wollte, ich wäre die Letzte, die ans Heiraten dächte. Übrigens mit deinem liebenswürdigen Manne möcht' ich doch noch besser fertig werden als du, mein armes Kind. Hast du dir das denn auch stillschweigend gefallen lassen?«

»Nein!« sagte Gertrud. »Es war zu viel. Ich hatte auch etwas mehr Mut. Weißt du, es ist ja Unsinn und auch unrecht; aber ich hatte nicht so gräßliche Angst, weil ich weiß, daß 'er' wieder da ist. Und wie die Quälereien nun fortgingen, da ...«

Ein langes Schweigen entstand. Maggie ergänzte sich alles, was die Schwester stockend verschwieg. Sie dachte auch an die Zeit zurück, in der Gertrud hier Nacht für Nacht geweint und ihr auf ihre kecken Fragen zugegeben hatte, daß sie sich vor ihrem Bräutigam fürchte, daß sie am liebsten vor der Hochzeit sterben möchte.

Ihr, mit ihren sechzehn Jahren, war das überaus interessant vorgekommen, aber schließlich selbstverständlich. Die unglückliche Liebe zu dem blonden Leutnant Seckersdorf, von der im Hause viel die Rede war, hatte die schöne Schwester mit ganz besonderem Glanze umkleidet. Daß dann nichts daraus wurde, daß der reiche, verwöhnte, vornehme Laukischker Kurowski kam und Gertrud ihn unter tausend Tränen nahm, das hatte ihrem Backfischverstand sehr gut gefallen, und wenn sie später dann die Schwester gesehen, von Luxus umgeben, dann war das eben alles ein Stück des Romans gewesen, den sie sich zurechtgebaut hatte, in dem die schöne, weißhaarige Gertrud und ihr brünetter, kraftvoller Mann allen Wünschen jungmädchenhafter Romantik entsprachen.

Wie lange machte sie sich nun schon keine Illusionen mehr über die wirkliche Lage der Dinge! Wie lange wußte sie, daß Gertrud tief unglücklich, daß ihr Leben ein verfehltes war, daß man eine Sünde begangen, als man sie in diese Ehe mit dem rüden Kurowski hineingeredet hatte.

Aber wie war dieses Hineinreden möglich gewesen? Sie selbst, das wußte sie, würde nicht einen Augenblick zwischen dem reichen Kurowski und dem damals armen Leutnant Seckersdorf geschwankt haben; denn über alles »Gernhaben« hinaus würde sie immer zu allererst nach einer Stellung streben. Aber Gertrud, die ehrliche, weiche, liebebedürftige Gertrud, die niemals rechnete, wie hatte die sich durch äußeren Glanz bestechen lassen können?

»Trude, weshalb hast du ihn nur genommen? Du hattest Seckersdorf doch lieb!« fragte sie nach dem langen Schweigen.

Gertrud legte den Kopf auf ihren Schoß. »Ach liebes Kind, das kam alles so schnell. Und Hans selbst gab mich auf. Da wollte ich ihm zeigen ... Aber das sind alte, alte Geschichten. Wir armen Frauen lernen die Wirklichkeit ja erst kennen, wenn wir heiraten.«

Maggie schüttelte den Kopf und streichelte die Haare der Schwester. Sie kannte die Wirklichkeit, auch ohne viel erlebt zu haben, sie wußte, sie hätte sich mit dem allen sicherlich anders abgefunden.

»Sage mal, Gertrud,« die Frage schoß ihr durch den Kopf, »wußte eigentlich Kurt von der Sache mit Seckersdorf?«

»Natürlich. Schon ehe wir uns verlobten. Ich glaube übrigens, daß alle Welt es wußte. Und dann, in den ersten Tagen nach unserer Hochzeit, dachte ich, ich wäre es ihm schuldig, alles, alles zu beichten, jede Begegnung, jedes Wort, das ich je mit Hans ... mit Seckersdorf gesprochen hatte.«

»O weh, o weh!« sagte Maggie. »Das hätt' ich schon nie getan. Was wird der sich daraus zurechtgemacht haben?«

»Ach, nein,« sagte Gertrud. »Er weiß ja, daß ich aufrichtig bin.«

»So? Und der Auftritt von neulich? Sag' mir, liebes Herz, sag' mir einmal alles, was du ihm erzählt hast, ich meine, was du zu erzählen hattest. Ich möchte dir gern helfen, aber dann muß ich auch wissen, wie das mit Seckersdorf kam, – wie ihr auseinandergingt.«

Da erfuhr sie denn die unschuldig harmlose Liebesgeschichte, die sich vor acht Jahren zwischen Hans Seckersdorf und Gertrud Hagedorn abgespielt hatte, so harmlos, daß sie banal gewesen wäre, ohne Gertrud als Heldin.

Maggie sah sie deutlich vor sich, in der ersten leuchtenden Jugendschönheit, die sie von der englischen Mutter geerbt hatte. Vollendet in den regelmäßig zarten Formen, von einem Farbenzauber, der fast überirdisch schien, und dazu das üppige, weißblonde Haar, das seinesgleichen in der Welt nicht fand.

Der Welt! Maggie mußte lächeln. Die ganze kleine Welt ihrer Umgebung irrte einen Augenblick an ihren Gedanken vorüber. Gutsbesitzer, Leutnants, wieder Gutsbesitzer, alt – jung, zum Verwechseln gleich. Was kümmerte sie das jetzt?

Aber in Gertruds Erzählung wurde der ganze Zauber der Mädchenzeit lebendig. Tanzgesellschaften, Picknicks, Theaterspiel, Blickewechsel und leise Händedrücke. Hier und da ein kleines Mißverständnis, sehr ernst geweinte Tränen, Versöhnung in einer Kotillontour. Und Glückseligkeit und Hoffnung das immer wiederkehrende Leitmotiv dieses Idylls.

In Waldlack, wo sie sich eben jetzt getroffen, hatten sie sich damals versprochen. Er hatte mit seinem Onkel unterhandeln wollen, demselben, der ihn jetzt, nach dem Tode seiner beiden Söhne adoptiert und mit Reichtum überschüttet hatte; sie dagegen hatte ihn gebeten, erst mit ihrem Vater zu sprechen. Das war geschehen, und Maggie kannte das Ende aller Verhandlungen – das Ende ihres Glückes.

In der Zeit gerade war Kurowski von Kurland gekommen und hatte Laukischken gekauft.

»Du weißt ja, wie er von Anfang an war!« sagte Gertrud seufzend. »Überall hat er gesagt, er müsse mich bekommen, und Hans mußte still dazu sein. Wir wollten damals warten. Ach, Maggie, wir haben ja niemals viel zusammen gesprochen, leider. Aber wenn wir uns einmal ansahen, dann wußten wir, sagte jeder dem andern: 'Ich hab' dich lieb für ewig!' So über den ganzen Tisch weg, oder durch den Saal. Deshalb dachte ich mir auch gar nichts, wenn ich mit Kurt zusammen saß, und hörte kaum auf seine übertriebenen Schmeicheleien. Und als Hans mir dann einmal eine kurze Andeutung machte, zog ich mich auch gleich zurück. Aber es war schon zu spät. Kurt hielt um mich an. Das weißt du ja alles, wie ich 'nein' sagte, und Papa und die Perl außer sich waren und quälten und quälten! Und dann kam Hans an dem schrecklichen Sonntag, im Helm, weißt du noch? seinen Abschiedsbesuch machen, so ganz aus heiterem Himmel, und bat mich um eine Unterredung. Wir gingen in Papas Stube. Ich hatte ja keine Ahnung, daß er mit dem schon vorher alles abgeredet hatte, ich dachte, er wollte mich in die Arme nehmen, ein einziges Mal, und ich breitete ihm schon meine entgegen. Da schüttelte er den Kopf und sagte: 'Gertrud, ich habe Sie um diese Unterredung gebeten, um Ihnen Ihr Wort zurückzugeben, Sie von jeder Verpflichtung zu lösen, wenn je eine bestand.'

Ich war wie versteinert. 'Weshalb, weshalb, was habe ich denn getan?' Er sagte: 'Sie? Nein. Sie nichts und ich nichts. Aber die Verhältnisse. Es geht nicht! Solange ich lebe, werde ich an Sie denken. Leben Sie wohl!' Nicht einmal die Hand gab er mir, und lief hinaus. Und ihr alle kamt herein! Weißt du's noch?«

»Alles, Alles!« sagte Maggie. »Man, oder gut deutsch gesagt, Papa, erzählte uns, daß Seckersdorf sich habe versetzen lassen, um sich zu rangieren und eine gute Partie zu machen. Ich glaube, er nannte auch einen Namen. Und es wunderte sich keiner darüber. Ich weiß noch, daß Kurowski bei seinem nächsten Besuche sehr nett von ihm sprach. Na ... und so weiter. Wir wissen ja, wie alles andere dann kam. Und daß ein halbes Jahr später Seckersdorf ... Reg' dich nicht auf, Liebling!«

»Nein, nein,« sagte Gertrud. »Das ist ja alles lang überwunden, muß es ja sein. Ich habe auch die Kinder und bin eine alte Frau geworden. Und, Maggie, wenn ich's mir überlege, es ist ja Wahnsinn! Ich will mich von Kurt trennen, und ich klage dir von Seckersdorf vor. Ich verstehe mich selbst nicht.«

»Ich habe das alles ja von dir herausgelockt,« tröstete Maggie. »Weißt du was? Wir wollen jetzt gar nichts mehr reden, wir wollen versuchen zu schlafen. Und morgen überlegen wir alles.«

Sie küßte die Schwester und ging zu Bett.

Es war nun still im Zimmer. Aber draußen brauste es in den Buchen, wie ferne Meeresbrandung.

»Trude!« sagte Maggie plötzlich.

»Ja?«

»Trude, du mußt von Kurt geschieden werden und mit Seckersdorf wieder zusammenkommen.«

»Um Gottes willen!« rief Gertrud entsetzt.

»Ich lege mir eben alles zurecht. Du bleibst ganz aus dem Spiel. Du darfst ihn nicht sehen und nicht sprechen ... Ich mach's. Gott sei Dank, etwas Vernünftiges zu tun! Trude, Darling, du sollst doch noch glücklich werden.«

»Maggie,« sagte Gertrud leise, »du meinst es gewiß sehr gut. Aber ich bitte dich, sprich so etwas nicht wieder aus. Ich will mich rein halten, auch in Gedanken. Mache mir das nicht schwer!«

»Still!« rief Maggie. »Ich sage dir ja, ich nehme alles auf mich. Du bleibst natürlich unsere weiße Lilie und blühst uns wieder auf und ... Gute Nacht, liebes Kind!«

Am Morgen hatte das Wetter sich ausgetobt. Über die bunten Laubbäume strichen gelbe Sonnenbahnen. Grauweiße Wolken ballten und jagten sich hoch oben, und klar, tiefblau leuchtete der Himmel dahinter vor. Weit ins Land hinein wogte das grüne Waldmeer. Herbe Duftwellen schwangen sich von ihm durch die Luft.

Gertrud sah froh hinunter.

»Der alte, geliebte Blick ins Grüne und der Harzgeruch. Man fühlt ordentlich, daß man hier gesund werden muß.«

»Oder krank vor Langeweile, wenn man gesund ist,« meinte Maggie. »Nun komm, unten gibt es Neuigkeiten. Einen Eilbrief von Laukischken.«

Gertruds Gesicht nahm die gewohnte, schwermütig hilflose Färbung an. »Mein Gott! Mein Gott!«

In der Eßstube saß der Oberförster mit sorgenvollem, verärgertem Gesicht am Kaffeetisch. Er streckte den Töchtern einen Brief entgegen. »Lest ... Lies vor, Maggie.«

Maggie nahm ihn achselzuckend und mit geringschätzigem Lachen. »Natürlich soll sie zurück. Aber hab' keine Angst, Trude, wir geben euch nicht heraus.«

»Lies doch!«

Gertrud sah nach den kleinen, frauenhaft zierlichen Schriftzügen.

Maggie las:

»Mein verehrter Herr Schwiegervater!

Wenn wir in der letzten Zeit auch nicht besonders gut Freund gewesen sind, so will ich unseren Mangel an Übereinstimmung doch nicht meine Frau entgelten lassen. Es ist mir lieb, daß sie mit den Jungens einen Unterschlupf bei Ihnen sucht, für die paar Monate, in denen sich's bei der verzärtelten Gesundheit der kleinen Person schlecht in Laukischken hausen läßt. Sie wissen doch, daß wir den Schwamm in den Schlafzimmern entdeckt haben, und daß ich besorgt bin, meine Familie den Winter über da zu lassen. Da nun Gertrud durchaus nicht nach Berlin will, und ich für meine Person für kurze Zeit dorthin zu reisen gedenke, bin ich ganz einverstanden, wenn sie – mit Ihrer Erlaubnis natürlich – den Winter in den alten, kleinen und stillen Verhältnissen zubringen will. Sobald ich eine Änderung in diesem vorläufigen Plane wünsche, melde ich mich. Ihnen, mein verehrter Herr Schwiegervater, vertraue ich für diese – sagen wir – drei Monate die Ehre meines Hauses an. Auf gut deutsch: Passen Sie freundlichst auf, daß Frau Gertrud von Kurowski frei bleibt von jedem Schein klatschhafter Nachrede. Ich danke Ihnen im voraus dafür, küsse meiner liebenswürdigen Schwägerin die Hand, grüße die Jungen und Gertrud herzlich und bin bis auf weiteres

Ihr sehr ergebener

Kurt von Kurowski.

P. S. Für die kleinen Bedürfnisse meiner Frau und der Kinder lege ich 3000 M. bei, da ich nicht weiß, ob Gertrud genügend versehen ist. Für etwaige größere Ausgaben inliegenden Blanko-Scheck.«

»Soll man sich da ärgern oder lachen?« sagte Maggie, den Brief auf den Tisch werfend.

»Man soll die Dinge nehmen, wie sie liegen,« sagte der Oberförster kurz, und stand auf. »Du bist vorläufig unser lieber Gast, Gertrud. Richte dich ein, wie's dir paßt.«

Auch Gertrud war aufgestanden und ging erregt im Zimmer umher.

»Da habt ihr ihn, wie er ist!« rief sie nervös. »Immer Katze und Maus spielen, ernsthafte Dinge geringschätzig und leichtfertig behandeln ... höhnisch, liebenswürdig, nie zu fassen ... Ich bin sieben

Jahre seine Frau gewesen und weiß heute noch nicht, was er will ... Oh, Papa, Papa. Du denkst doch nicht daran, mich zu ihm zurückzuschicken?«

Der Oberförster sah mürrisch nach der Seite. »Vorläufig bist du da, und dann werden wir weiter sehen,« sagte er. »Die Lesart, die er wünscht, kann man ja den Leuten beibringen. Ob sie freilich daran glauben werden? ... Na, ich kann heute den Anfang damit machen ... Ich muß nach Vokellen. Habe zugleich – aber davon wollt ihr jetzt wohl nichts hören. Richtet euch ein, Kinder, ich komme erst spät wieder.«

Er küßte Gertrud in verlegener Zärtlichkeit und schüttelte Maggie die Hand.

»Du, Papa!« sagte Maggie. »Für alle Fälle mußt du noch wissen, daß Kurowskis sich wegen Seckersdorf erzürnt haben. Aus deiner Verabredung mit ihm kann nun wohl nichts werden?«

»Was Kuckuck?« fuhr der Alte auf. »Was ist das für Unsinn? Da kenne ich doch meine Gertrud! Und meinem Schwiegersohn zu Gefallen? Nein, davon ist keine Rede. Laß sich die Gertrud in acht nehmen. Und hier ins Haus braucht er ja nicht zu kommen.«

Gertrud zog die Brauen zusammen.

»Wenn er aber doch kommt?« fragte Maggie.

»Das wird nicht geschehen! Und nun sage ich euch, der Teufel soll den holen, der sich in meine Arbeitssachen mischt. Da hat man einmal ein Geschäft, das sich lohnt, und nun wollen sie es einem verderben! Damit kommt mir nicht ... Ich bin kein Millionär, und Geschäft ist Geschäft. Lächerlich! Einen Wald aufforsten, knappe drei Meilen von hier und ... na, ich will euch lieber gleich sagen, daß ich der Sache wegen fahre. Der Vokeller schreibt, der Seckersdorf kommt auch, wegen Waldgrenzgeschichten – da hab' ich nur den halben Weg – und hernach machen wir ein Partiechen.«

»Papa, wenn's dir nur nicht leid tut,« warnte Maggie. »Du weißt doch, mit Kurt ist nicht zu spaßen.«

»Mit mir auch nicht,« sagte der Oberförster kurz und ging hinaus.

Eine Viertelstunde später fuhr er im Einspänner davon.

Die beiden Frauen sahen ihm in schweigender Erregung nach.

»An Papa hast du also keinen Halt!« sagte Maggie mit heller Entrüstung im Tone.

»Maggie!« bat Gertrud flehend. »Sag' nichts gegen Papa, das täte mir zu weh. Wir wissen ja, wie er in Geldangelegenheiten ist, und ändern können wir doch nichts.«

»Hätte nur Kurt die dreitausend Mark nicht geschickt,« grübelte Maggie finster. »Das ist eine niederträchtige Schlauheit, wie überhaupt der ganze Brief.«

»Er weiß die Menschen schon zu nehmen. Paß auf, wenn er's will, muß ich zurück. Aber ich sehe aus seinem Briefe noch gar nicht, was er beabsichtigt. Weißt du das?«

Nein, Maggie wußte es auch nicht. Aber es reizte sie, seine Absichten herauszufinden und sie zu vereiteln. Von neuem nahm sie sich vor, der Schwester, die den Härten und Widerwärtigkeiten des Lebens so wehrlos gegenüberstand, ein verspätetes Glück zu schaffen. Und sie tröstete sie, liebevoll und innig, wie sie nur zu ihr sprechen konnte, und war zufrieden, als ein verschüchtertes Lächeln das einst von Frohsinn und Glücksgewißheit strahlende, jetzt so stille Gesicht Gertruds aufhellte.

Die beiden Schwestern hatten von klein auf sich sehr innig gestanden, trotz des Altersunterschiedes. Gertrud, die Ältere, das Prinzeßchen, schön wie der Tag und von aller Welt auf Händen getragen, hatte die weniger hübsche, damals noch scheue Schwester mit fast mütterlicher Zärtlichkeit gehütet und gepflegt, und sich immer bemüht, sie in den Vordergrund zu schieben.

Ihre Mutter, eine Engländerin, aus verarmtem, vornehmem Hause, ihrerzeit Gesellschafterin in einer dem Oberförster befreundeten Familie, war gestorben, als die Mädchen zehn und sechs Jahre alt waren. Beide gedachten noch heute mit abgöttischer Verehrung der lachenden jungen Mutter, deren Abbild Gertrud geworden war.

Nun, das Lachen war Gertrud mit der Zeit vergangen, während Maggie, die früher finstere, schweigsame, jetzt oft von Lustigkeit übersprudelte; freilich nicht von der sonnigen, harmlosen Fröhlichkeit, mit der Gertrud sich in jedes Herz hineingeschmeichelt, sondern von einer absichtlichen, die herrische Naturen sich angewöhnen können, weil sie

sie als Rüstzeug brauchen.

Mit ihrem Wesen hatte sich auch das Verhältnis der beiden Schwestern zueinander geändert. Gertrud, das ehemalige Glückskind, warmherzig, arglos, unbewußt von ihrer Macht durchdrungen, jetzt in den rohen Händen ihres Mannes schlaff und haltlos geworden, suchte Schutz bei Maggie. Diese, seit Gertruds Heirat sich selbst überlassen, hatte sich mit ihrer innerlichen Kälte und Klugheit von ihrer Umgebung längst frei gemacht und beherrschte durch Gleichgültigkeit und Berechnung unter der Maske der Liebenswürdigkeit alles.

Unbekümmert um Gegenwart und Zukunft, die sie sich sicherlich nach Geschmack zusammenschmieden wollte, hatte sie sich in ihrer äußeren Erscheinung zu einer Schönheit entfaltet, die eigentlich Kraft und blühende Gesundheit auf der Höhe ihrer Entwicklung war.

Mancher von den Gutsbesitzern des Kreises, hier und da ein junger Forstassessor oder sonst jemand aus der Gesellschaft bemühte sich ernsthaft um sie, aber mit großem Takt ging sie jeder entscheidenden Frage aus dem Wege und wußte sich ihre Verehrer als Freunde zu erhalten. Sie wollte nichts »verpuffen«, wie sie bei sich sagte. Ihre ganze Kraft sollte daran gewendet werden, sich die Stellung zu verschaffen, die ihr nach ihren Bedürfnissen vorschwebte. Bot sich die Gelegenheit dazu nicht bald, so mußte sie solche suchen. Es war nun Zeit. – So hatte sie gestern noch gedacht, als der Vater von Seckersdorf sprach. Heute war das anders. Nun kam sie vorläufig wieder nicht in Betracht. Nun erst das arme, blasse Weib.

»Es ist doch gut für uns andere,« dachte sie, »daß solche Menschen, wie Gertrud, existieren. Daran, daß man sie so liebhaben kann, zeigt man sich selbst, daß man im Grunde auch ganz gutherzig ist. Und zugleich sieht man, wie man es nicht machen muß, wenn man selbst vorwärts kommen will.«

War es denn eigentlich glaublich, daß Gertrud mit all ihrer Schönheit und Anmut und Herzensgüte den so empfänglichen Kurowski nicht hatte fesseln können? Das wäre gleich so eine Partie, so eine Aufgabe für sie, Maggie, gewesen.

Aber sie wollte ja einmal gar nicht an sich denken – nun gar in so unmöglichen Vorstellungen. Dann hätte ihr ja auch der Gedanke an Seckersdorf kommen können, – den sie doch gerade für Gertrud erkämpfen wollte.

»Der ist leicht auszuschalten, weil er dir nicht gefällt,« sagte eine leise innere Stimme. »Blond, still und zurückhaltend, ist nicht dein Geschmack.«

Nun stampfte sie leise mit dem Fuß und ging geradenwegs zu Gertrud, um sie herzhaft und zärtlich zu küssen.

»Du glaubst, daß ich dich liebhabe?« fragte sie leidenschaftlich. »Du hältst etwas von mir? Ich bin die einzige, zu der du volles Vertrauen hast?«

»Aber, Maggie, zu wem sollte ich es sonst in meiner furchtbaren Lage? ... Du bist mein einziger Halt ... Die Kinder sind noch so klein.«

»Ja, die Kinder, die Kinder!« änderte Maggie

schnell das Gespräch. »Aber wir haben mit der ganzen Einrichtung so viel zu bereden. Komm, Liebling, wenn du noch weißt, was Zimmereinrichten und Küche und Speisekammer bedeuten ... Übrigens, wenn nicht, so lernst du es eben wieder. Du hast dich viel zu sehr verwöhnt, mein vornehmes Frauchen!«

Gertrud lächelte und ging bereitwillig mit ihr zu Fräulein Perl, die dem Namen nach in der Wirtschaft bestimmte, während in der Tat Maggie längst den großen, ländlichen Haushalt führte.

Man besprach die Einteilung der freien Zimmer oben, die Beaufsichtigung der Kinder und die kleinen häuslichen Tagesfragen, an denen Gertrud nun wieder teilnehmen sollte.

Sie tat es mit fieberhaftem Eifer. Sie war zärtlich und tätig besorgt um die Kinder, sie ordnete in den für sie und die Knaben bestimmten beiden Stuben hier und da. Es kam nicht viel dabei heraus, aber sie war beschäftigt. Sie brachte sich über diese unruhvollen Stunden hinweg, in denen ihr Herz bang und ängstlich schlug, in denen der Gedanke: »Was wird nun werden?« sie zermarterte, in denen auch die leise durchhuschende Ahnung: »Es kommt etwas Gutes – vielleicht das Glück!« ihr zur Pein wurde.

Nach einer langen, schweigsamen Wanderung durch den herbstatmenden Wald, der heute in klarem, fast winterlichem Sonnengold die Reste seiner übriggebliebenen Sommerreize friedlich und entsagend ausstreute, in dessen traumhafter Stille ein paar schrille Vogellaute, das Rascheln der verwelkten Blätter, die aufjubelnden Kinderstimmen die einzigen Lebenszeichen waren, kamen dann die Schwestern müde, Arm in Arm heim. Beide ganz Liebe füreinander, und doch die eine im Gefühle der Gebenden, die andere als Empfangende.

»Wie gut es ist, bei Maggie und daheim zu sein!« dachte Gertrud und: »Wie hübsch es ist, für ein liebes Menschenkind Pläne zu machen und sich so wundervoll dabei zu benehmen!« dachte Maggie.

Diese Nacht schliefen beide gut. Der nächste Morgen fand Gertrud ein wenig widerstandsfähiger, ruhiger und selbstbewußter.

Bald nach dem Frühstück nahm der Oberförster seine jüngste Tochter unter den Arm und forderte sie auf, nach den neuen Schlägen mitzugehen. Das war seine Gewohnheit so, wenn er etwas auf dem Herzen hatte, oder in irgendeiner geschäftlichen Angelegenheit mit sich nicht ganz im reinen war. Maggie mit ihrem durchdringenden Verstand traf gewöhnlich das, was er als alter Praktikus sich herausspintisiert hatte, und dann war er zufrieden.

In ihrem ungestümen und dabei selten befriedigten Drange, in Dinge einzugreifen, die über ihre gewöhnlichen Tagesarbeiten hinausragten, hatte sie stets Freude an solchen Gängen. Sie fühlte sich dann noch am meisten als Tochter ihres Vaters, den sie sonst in Gedanken oft als den »alten Herrn« anredete und von dem sie im Grunde nicht recht begriff, daß die Natur ihn und sie in solch nahen Zusammenhang hineingezwungen hatte.

Er seinerseits war viel zu klug, als daß er diesen Mangel an Herzensneigung nicht hätte durchschauen sollen, aber er machte sich nicht viel daraus. Im tiefsten Innern war er sogar überzeugt, daß sich in seinem eigenen Empfinden dieselbe Leere vorfand. Darum kamen sie aber nicht weniger gut miteinander aus. Sie waren eben beide Menschen mit wenig Herzensbedürfnissen, und was es an Familiensinn in ihnen gab, hatten sie auf Gertrud geschüttet, die so viel Liebe brauchen konnte und alles, was man ihr gab, so dankbar zu erwidern verstand.

Um Gertrud würde es sich natürlich heute handeln. Und ganz Feuer und Flamme für ihren Plan, machte Maggie sich für den langen Weg mit dem Vater bereit. Er durfte selbstverständlich nichts von allem ahnen und sollte doch das Hauptwerkzeug sein. Sie strahlte förmlich, als sie sich von der Schwester verabschiedete.

»Du bist eigentlich eine Schönheit geworden, Maggie,« sagte Gertrud und küßte das rosenrote Gesicht, in dem die grauen Augen feurig und bewußt leuchteten. »Ich kenne niemand, der etwas so Bestrickendes hat, wie du. Wenn du dich nur zur Geltung bringen könntest. Aber hier ...«

»Kommt schon noch, sei ohne Sorge,« antwortete Maggie und lief lachend hinunter.

Auch der Alte sah ihr mit einem Anflug von Stolz entgegen, wie sie, ganz federnde Spannung und Kraft, zu ihm trat.

»Bist doch ein strammer Kerl,« sagte er anerkennend. »Wenn dich so einer sähe!«

»Vielleicht verliert einer von den Holzschlägern sein Herz an mich – oder der neue Revierförster.

Scheint ein ganz ansehnlicher Mensch zu sein,« spottete Maggie.

»Ist alles vorgekommen, Kind,« bemerkte der Alte. »Und wenn ein Mädel sich überhaupt erst in solche verfluchte Geschichten und Albernheiten einläßt, braucht es nicht gerade ein Leutnant zu sein, der ihr in den Weg kommt.«

»Weißt du, Papa,« sagte Maggie, nun ernsthaft auf ihr Ziel losgehend, »daß ich dich in Verdacht habe, du hast damals die ganze Geschichte zwischen Gertrud und Seckersdorf auseinandergebracht?«

»Du, darüber zerbrich dir heute nun den Kopf nicht mehr,« meinte der Oberförster. »Die Sache ist verjährt. Hilf lieber der Gertrud auf den richtigen Weg und bestärke sie nicht noch in ihrer Aufsässigkeit gegen Kurowski. Was soll denn sonst bloß werden?«

Maggie wußte es wohl, aber nachdenklich schob sie die gelbroten Buchenblätter mit der Fußspitze vor sich auf. »Ja, schließlich kann man doch die Gertrud nicht mißhandeln lassen!« sagte sie. »Wenn d i e klagt, muß es schon arg sein. Und man weiß ja auch, was für ein Leben der liebe Kurt führt. Ich wundere mich nur, daß man das vor der Heirat gar nicht geahnt hat.«

»Ach, das war schon bekannt. Ich dachte nur, eine Frau, wie unsere Gertrud, die wird ihn schon ans Haus gewöhnen.«

»Ja, nur daß das Experiment mißglückt ist,« sagte Maggie. »Und nun sitzt die Gertrud elend und verbraucht mit ihren zwei Jungen da.«

Eine gewisse Empörung, halb die der beleidigten Schwester, halb die des für sich selber fürchtenden Weibes, nahm ihr fast den Atem. Sie zerbrach einen trockenen Ast, den sie von einem Eckerngebüsch abgerissen hatte und warf die Stücke erregt fort.

Der Oberförster biß sich auf die Lippen und senkte den Kopf.

»Er ist ja ein Windhund in Frauenzimmergeschichten,« sagte er, »aber sonst ein anständiger Kerl. Und dann die Kinder ... Die Gertrud verwöhnt er sonst wie eine Prinzeß. Und der Skandal bei so 'ner Scheidungsgeschichte! Es geht nicht ... sag' selbst, es geht nicht ...«

Er sah unsicher zu Maggie hin. In seinen Wimpern glitzerte etwas.

Das hatte seine Tochter noch nie an ihm gesehen. Es gab ihr ihre ganze Kaltblütigkeit wieder. Nein, das sollte ihr nicht passieren. Wenn sie etwas für Gertrud tat, durfte keine Gemütsduselei und keine überflüssige Erregung mit unterlaufen. Kalt und klug wollte sie alles lenken, zu ihrem Ziele, der Vereinigung Gertruds und Seckersdorfs.

»Ja, Papa, schlimm ist es,« sagte sie beistimmend, »das seh' ich schon ein ... aber was tun?«

Schweigend gingen sie eine Weile nebeneinander.

Der Bestand wechselte. Statt der buntgefärbten Laubbäume strebten nun alte, moosbehangene Tannen auf. Klar und golden strich die Sonne durch das dunkle Grün, und Goldflecke blühten auf dem bräunlichen Waldboden auf.

»Schönes Stück!« sagte der Alte. »Der Endzipfel gehört schon zu Tromitten.«

»Was war denn nun mit Seckersdorf gestern?« fragte Maggie.

»Ja,« erwiderte der Oberförster zögernd, »mir fiel schon unterwegs ein, daß man am Ende den Kurowski doch nicht vor den Kopf stoßen kann. Ich habe noch nicht zugesagt ... Überbürdung vorgeschützt, mir Bedenkzeit ausgebeten. Allerdings verliere ich meine drei bis viertausend Mark, – Heiratsgeld, Mädel ... Wenn man nur wüßte ... Sag' mal, was ist denn nun eigentlich bei Kurowskis los gewesen?«

Maggie erzählte.

Der Oberförster schüttelte den Kopf und fluchte.

»Wenn der Kurt aber noch so hinter ihr her ist,« sagte er schließlich, »daß seine Frau nicht ansehen soll, wen sie will, muß es mit der Gleichgültigkeit und schlechten Behandlung doch nicht so schlimm sein. Vielleicht spukt der Gertrud auch wirklich der Seckersdorf im Kopf herum ... dann freilich ...«

Maggie widersprach eifrig. Die Gertrud wäre viel zu sehr herunter, als daß sie an solche Dinge dächte. Aber zu vornehm und harmlos wäre sie auch, und könnte sich nicht vorstellen, daß man sogar ihren Blicken allerlei Bedeutung unterlegte. Man müßte also dafür sorgen, daß sie nie mit Seckersdorf zusammenträfe, denn wer weiß, ob nicht der Kurowski gerade nach Berlin gegangen wäre und Gertrud allein hier gelassen hätte, um ihr eine Falle zu stellen? Dann würde er sie auf bequeme Weise los, und die Kinder gehörten ihm.

»Alle Wetter!« Der Oberförster blieb stehen und sah seine Jüngste verdutzt an. Das war eine Idee. Und zuzutrauen war's dem Kerl, dem Kurowski, schon. Natürlich! Daß ihm das selbst auch nicht eingefallen war! Gott sei Dank, daß er Gertrud heute nicht mitgenommen hatte. »Und weißt du warum, Mädel? Ich habe mich mit dem Seckersdorf bei den Eichenschlägen verabredet und dachte nun so, wenn du zwanglos mit ihm ... Na, und so weiter.«

Maggie erschrak, daß sie blaß wurde. So unvorbereitet, so ganz ohne sich zurechtgelegt zu haben, wie sie die Geschichte eigentlich einleiten sollte ... Aber sie hob gleich wieder den Kopf und sah mit ihren strahlenden Falkenaugen vorwärts.

Um so besser. Das Glück war mit ihr. Vielleicht machte sich wirklich alles so noch natürlicher. Da sie den Vater so oft meilenweit begleitete, war vor der Welt die Absichtlichkeit eines Zusammentreffens ausgeschlossen. Sie wollte nun auch nicht weiter grübeln und dem Zufall überlassen, auf welche Weise sie sich mit Seckersdorf verständigen konnte.

Jetzt, während sie rüstig weitergingen, besprachen sie alles auf Gertrud Bezügliche.

Dem Vater hatte sie nur gesagt, daß es ihr ganz lieb wäre, den Seckersdorf so bald zu treffen, und dann das Gespräch selbst wieder auf Gertrud gebracht. Es war ja an so vieles zu denken, sie hatten sich gegenseitig auch das Herz über das Aussehen und das müde, schlaffe Wesen der armen Frau auszuschütten, auf Kurowski zu schelten, seinen schillernden, unzuverlässigen Charakter zu zergliedern und schließlich immer wieder zu der Frage zurückzukehren: »Die arme Gertrud, – was wird das nur werden?«

Dabei gingen sie rüstig zu und kamen endlich auch zu der Lichtung, an deren Rand ein Dutzend alte Eichen »hingerichtet« wurden, wie Maggie sagte.

Die Leute grüßten, der Aufseher trat heran. Und von drüben, der entgegengesetzten Seite her, wo er sein Pferd geführt hatte, kam Hans Seckersdorf herüber. Maggie erkannte ihn auf den ersten Blick.

Nun stand ihr doch das Herz still.

Also dieses Mannes Schicksal wollte sie lenken. Sie hatte Zeit, ihn zu mustern, während er über die Wiese kam, dem Vater entgegen, der mit lautem Gruß auf ihn zuschritt.

Er war sehr groß, schlanker, als sie ihn in der Uniform in Erinnerung hatte; er trug den verhältnismäßig kleinen Kopf hoch, war etwas steif in den Bewegungen. Das Gesicht, regelmäßig wie eine Marsmaske, mit aschblondem Schnurrbart, darunter ein weiches Kinn. Das Ganze beherrscht von ein paar blauen Augen unter breiten Lidern, eigentümlich still und fest blickend, – alles in allem ein Mann, an dem man nicht so leicht vorübergehen konnte.

Nun machte auch Maggie ein paar Schritte vorwärts. Leuchtend in den Farben, Jugendfrische und

Kraft atmend, trat sie ihm entgegen, streckte unbefangen die Hand aus und rief dem alten Bekannten, ihrem »allerersten Tänzer«, ein frohes Willkommen entgegen.

»Papa sagte mir, daß wir Sie hier treffen würden, und ich habe mich recht gefreut.«

Er drückte ihr die Hand und sprach von freudiger Überraschung; dabei musterte er sie aber halb suchend, halb verlegen.

Maggie dachte an Gertrud und was sie nun sagen sollte. Las er ihr das an den Augen ab? Er sah sie wirklich ganz eigentümlich an, – bittend und forschend und unruhig zugleich. Oder bildete sie sich das alles ein? Fast schien es so.

Der Oberförster nahm das Wort, und Seckersdorf wandte sich sehr rasch nach ihm um. Eben wurden die ersten Schnitte an einem Riesenbaum vorgenommen; der Oberförster gab einige Anweisungen. Seckersdorf sah und hörte mit intensiver Aufmerksamkeit zu.

»Ich lerne,« sagte er mit entschuldigendem Seitenblick auf Maggie.

In diesem Augenblick trat der Aufseher mit einer Berechnung an den Oberförster heran.

»Natürlich!« sagte der Oberförster nach kurzer Prüfung. »Entschuldigen Sie, bitte, einen Augenblick, lieber Seckersdorf.«

Er trat hinüber zu den Leuten, und Maggie stand nun allein neben Seckersdorf, mit klopfendem Herzen und verstohlen spähendem Blick. Ja, hinter seinem regungslosen Gesicht arbeitete es, die Augen verrieten's, – also vorwärts!

Aber schön war sie, diese Aufregung, die von ihm zu ihr hinüberströmte, dieses Fragen ohne Worte, dieses Vortasten, das von einem zum anderen zitterte. Maggie hätte noch minutenlang so stehen mögen, in dieser klaren, herben Luft dasselbe atmend, was dieser Mann da empfand.

Und doch gab sie sich einen Ruck. Sie mußte anfangen.

»Herr von Seckersdorf!« sagte sie stockend.

Er horchte auf. »Verzeihung! Wenn Sie leise sprechen, hat Ihre Stimme –«

»Ähnlichkeit mit der meiner Schwester!« fiel sie rasch ein. »Ja, es ist leider die einzige.«

Er machte eine höfliche Bewegung und sah sie unruhig an.

»Wie er erregt ist!« dachte sie. »Ja, ehrlich gesagt, es ist mir wegen Gertrud lieb, daß ich Sie sprechen kann,« sagte sie hastig, nach dem Oberförster hinübersehend.

Er erschrak und folgte zerstreut ihrem Blicke. »Wegen Frau von Kurowski?« Sie nickte.

»Gertrud ist von ihrem Manne fortgegangen,« sagte sie schnell, noch immer wie ängstlich nach dem Vater blickend, »weil sie Ihretwegen in rohester Weise von ihm verdächtigt worden ist.«

»Um Gottes willen – meinetwegen?« Er machte eine hastige Bewegung, als ob er ihren Arm ergreifen wollte.

»Sie müssen das wissen,« sagte sie, leise und schnell, »weil Papa von einer geschäftlichen Beziehung zu Ihnen sprach. Sie hätten uns wahrscheinlich besucht, und da Gertrud mit den Kindern bei uns ist, unterbleibt das wohl. Ich glaube, es ist besser, Sie treffen meine arme Schwester überhaupt nicht wieder.«

»Sie meinen, ich soll abreisen? ... Natürlich ... sofort ... wenn es sein muß ...« Seine Lippen zuckten unter dem Schnurrbart. »Sie ist rüde behandelt worden?« fragte er zögernd.

Maggie nickte wieder. »Sie will nicht wieder nach Laukischken zurück ... aber Papa wird sie zwingen ... überreden, wie ...«

»Wie damals,« sagten ihre Blicke. Aber sie sprach es nicht aus.

Er wurde rot und sah vor sich in den Wald, mit Augen, aus denen eine schmerzliche Erinnerung zu sprechen schien.

Maggie las eine ganze, lange Rede von seinen stummen Lippen.

»Leidet sie sehr ... sehr?« fragte er nach einer Pause. »Ist sie sehr verändert in diesen acht Jahren?«

»Sie ist völlig niedergebrochen,« sagte Maggie mit Betonung.

»Nicht doch, nicht doch!« murmelte er. »Weiß sie, daß wir, ich meine Sie und ich, heute hier –« Wie er nach einem augenblicklichen Zusammenhang zwischen sich und ihr suchte! Wahrhaftig, er ist ihr noch gut, dachte Maggie.

»Gott bewahre,« sagte sie. »Man muß ihr doch alles fernhalten, was sie beunruhigen ... ich meine, sie soll nicht ...« Sie stockte, wurde rot und sah nach der Seite.

»Und Sie glauben, es ist besser, wenn ich gleich gehe?« fragte er dringend. »Kann ich denn sonst nichts, gar nichts für sie tun?«

Sie zuckte die Achseln und machte eine Bewegung nach dem Oberförster, der eben zurückkam.

»Papa darf nichts davon wissen!« sagte sie verlegen.

Er sah sie dankbar an.

»Sie lieben Gertrud« – er erschrak und verbesserte sich – »Ihre Frau Schwester sehr?«

»Mehr als alles auf der Welt,« sagte sie aufrichtig. »Und für ihr Glück brächte ich jedes Opfer.«

In überströmender Herzlichkeit nahm er ihre Hand.

»Wollen Sie ... dürfen Sie ihr sagen ...«

»Was?«

Da stand der Oberförster vor ihnen und schmunzelte vergnügt.

»Freundschaft geschlossen?« fragte er.

»Alte erneuert,« antwortete Maggie.

»Ja, damals waren Sie noch ein ganz kleines

Fräulein, das nicht immer mitgenommen wurde.«

»Und jetzt tanze ich schon regulär sieben Winter.«

»Werden wir Sonntag über acht Tage in Waldlack zusammen sein?« fragte er, unruhig ihre Augen suchend.

»Papa, du hast ja verheimlicht, daß am Sonntag die Waldlacker Gesellschaft ist,« wandte sich Maggie an den Vater. »Natürlich also, und ich freue mich darauf. Meine Schwester, als Strohwitwe, bleibt wahrscheinlich den ganzen Winter zu Hause, aber ich komme, wo es etwas zum Tanzen gibt.«

»Und immer viel zu viel,« lachte der Oberförster. »Aber wenn Sie sich nun den Schlag einmal genau ansehen wollen, lieber Seckersdorf, dann bitte ... Du kannst hier einen Augenblick ausruhen, Kind. Wir haben ja noch einen weiten Rückweg.«

Maggie setzte sich auf einen Stein, während die Herren zu den Arbeitern gingen.

Das Herz war ihr weit und sie fühlte sich beunruhigt. Also, so was gab es wirklich? Da war ein Mann, schön und jung, vornehm, mit glänzenden Aussichten, und der sah seine Liebste wieder nach acht Jahren fast – und obwohl Gertrud nicht mehr so schön war, einem anderen gehört hatte, Mutter und so ganz anders geworden war, bebte er heute, wenn er ihren Namen nannte. Und sie ... Kurowski war auch ein stattlicher Mann, vielleicht noch interessanter als dieser – aber nein –, dieser Seckersdorf hatte doch in seiner stillen beherrschten Manier etwas ganz außergewöhnlich Anziehendes.

So wanderten ihre unruhigen Gedanken hin und her, und zuweilen, wenn sie seine schlankkräftige Gestalt in dem knappen Reitanzug zwischen den Bäumen auftauchen sah, überraschte sie sich auf einem kleinen Anflug von Neid.

Warum traf sie nie so einen, der ihr seine schöne männliche Erscheinung, seine vornehme Seele und – nicht zu vergessen – seine Reichtümer bot? Warum trat in ihr Leben kein Mann wie dieser, der so treu blicken, so fest die Hand drücken konnte? Gott, vielleicht war das alles ein bißchen langweilig; vielleicht, wenn man sich überhaupt auf so etwas einließ, hatte Kurowski mit seinem Wechselsystem Recht. Und übrigens, was grübelte sie über das alles? Sie hatte einfach zu tun, was sie sich einmal vorgenommen, und sie war auf gutem Wege. Gertrud konnte sich wirklich freuen.

Dann kamen die Herren. Seckersdorf verabschiedete sich, erinnerte an das Souper in Waldlack, das sie ihm versprochen, drückte ihr bedeutungsvoll die Hand und ritt nach der entgegengesetzten Richtung fort.

»Famos, wie er reitet,« sagte Maggie, ihm nachsehend.

»Überhaupt ein Prachtmensch,« stimmte der Oberförster bei. »Glaubst du, daß er mir das von damals nachträgt? Keine Spur! Und was meinst du, Döchting, die Gertrud ist dem doch nicht mehr gefährlich.« Er blinzelte schlau mit den Augen.

»Das kannst du gar nicht wissen,« erwiderte Maggie ernsthaft.

Einsilbig, Luftschlösser bauend und zerstörend, gingen sie heim durch den starkduftenden Wald.

Inzwischen war Gertruds Jungfer mit der befohlenen Garderobe eingetroffen und hatte Grüße von dem gnädigen Herrn überbracht, der in den nächsten Tagen, vor der Reise, noch einmal herüberkommen würde. Gertrud war heftig erschrocken, sah aber bald aus einem Briefe ihres Mannes, der ihr fast gleichzeitig durch die Post zugestellt wurde, daß alles der Jungfer Aufgetragene zu der Spiegelfechterei gehörte, die er auszuüben beliebte.

Wie er ihr ganz kurz mitteilte, hatte er alle häuslichen Angelegenheiten so weit geordnet, daß man sie während seiner Abwesenheit mit gar nichts behelligen würde. Er befahl ihr dagegen einen Besuch in Laukischken nach dem Ersten jeden Monats, wobei sie sich den Anschein zu geben hätte, daß sie nach dem Rechten sähe. Sonst hätte er ihr nichts zu sagen, als daß er Nachricht über die Jungen erwarte, sobald er seine Adresse telegraphiert haben würde. Alles weitere sollte sich nach seiner Rückkehr finden.

Gertrud weinte viel über diesen Brief. Die große Unsicherheit ihrem Mann gegenüber, die alles in ihr zerstörte, woraus sie sich noch einen Lebensinhalt hätte schaffen können, nahm wieder ganz Besitz von ihr.

Sie wußte nicht einmal zu entscheiden, ob sie die Jungfer behalten oder wegschicken sollte. Wenn nur Maggie wieder zu Hause wäre! Sie lief vom Fenster zur Veranda und hinauf in Maggies Stube, von der aus sie den Weg übersehen konnte. Aber die Erwartete kam nicht, und ihr wurde immer banger. Sie rief nach den Kindern, die waren ihr aber zu laut und mußten wieder hinaus; sie ging zu Fräulein Perl, die in der Küche beschäftigt war, und fragte sie um Rat wegen der Jungfer. Fräulein Perl meinte, eine Hilfe könnte man jetzt gut im Hause brauchen, aber sie müßte auch wirklich eine sein. Darüber sprach man nun hin und her, bis Fräulein Perl ungeduldig wurde.

»Weißt du, Kindchen, ich habe zu tun, überleg dir's doch, es hat ja keine Eile. Bis zum Abendzug muß die Person ja doch hierbleiben. Laß sie nur gleich die Sachen der Jungen einräumen.«

»Ja, natürlich.« Sie gab den Auftrag und ging dann wieder auf die Veranda, um zu warten und zu grübeln.

Mit einem Angstschauer dachte sie an den Brief, den sie eben erhalten hatte, dachte an ihren Mann, der sie durch seine überlegene Art in immer größere Hilflosigkeit hineintrieb. Sie konnte sich mit ihrem weichen zärtlichen Wesen nur entfalten, wo man ihr Liebe bot. Vor harten, ironischen oder zweifelhaften Worten und Berührungen schreckte sie zusammen, sah sich angstvoll nach jemand um, der sie schützen könnte, und verstummte schließlich ganz.

Das war eine Schwäche, eine Verzärtelung, aber sie konnte nicht anders. In der ersten Zeit ihrer Ehe hatte ihr Mann sie auch darin bestärkt, sie seine Taube genannt und ihre zurückhaltende Scheu mit heißen Liebkosungen zu besiegen versucht. Das war ihm nie gelungen. Aber gegeben, gehorsam und ohne Maß, hatte sie ihm alles, was er wollte; denn sie fühlte sich im Unrecht gegen ihn, weil sie es nicht freudigen Herzens tat, und weil hier und da ein schmerzlicher sehnender Gedanke zu dem anderen flog, an den sie doch nicht mehr denken durfte.

Wie von einem unvergeßlichen Toten hatte sie zuletzt in den vielen unausgefüllten Stunden ihres Tages von ihm geträumt. Aber nun war er plötzlich wieder da, hatte ihr mit einem Blick wie früher gesagt: »Ich hab' dich noch lieb!«

Und da verschwanden mit einem Male alle trübsinnigen Grübeleien; der Himmel schien ihr so klar und hoch, als müßte sie hinauf, und ein Gefühl von Sicherheit kam über sie, als wenn sie nun stark und mutvoll der Zukunft entgegengehen würde. Und das alles nur, weil er wieder da war.

»Aber was willst du von ihm?« fragte dann wieder mahnend das Gewissen. »Du tust Unrecht. Das ist Sünde, das ist gefährlich ... Du brichst die Ehe in Gedanken.«

Die Kinder liefen vorüber und schrien ihr zärtliche Worte zu. Da nahm sie sich zusammen und sagte sich: »Ich will nicht, ich darf nicht an ihn denken!« Aber ein aufregendes Erwartungsgefühl zitterte doch in ihr, wich dem einer großen Angst und rang sich wieder durch, so daß sie zuletzt nicht mehr aus und ein wußte und mit klopfendem Herzen in den Garten eilte und zwischen den Taxushecken hin und her lief.

In dieser Stimmung traf Maggie sie bei ihrer Rückkehr und erzählte von der Begegnung mit Seckersdorf. Die paar Worte, die sie mit ihm über Gertrud gesprochen hatte, nahmen in ihrem Bericht eine feurige Färbung an und weckten Glücksschauer in der verschüchterten Seele der armen Frau.

Aber sie wehrte sich dagegen. »Sprich nicht mehr davon, ich fleh' dich an ... aus Mitleid sprich nicht mehr davon ... Es darf ja nicht sein!«

Doch Maggie wurde immer erregter in ihren Worten. Die ganze fremdartige Bewegung, die sie selbst am Vormittag empfunden hatte, sprach sie sich vom Herzen, und zuletzt, als Gertrud sich heiß und bebend aus ihrem Arme löste, rief sie ihr heftig zu: »Wenn ich du wäre, und solch ein Mann hätte mich lieb, und ich ihn, dann liefe ich zu ihm und sagte: 'Nimm mich ... gleich ... laß uns nicht eine Sekunde von dem grenzenlosen Glück verlieren, das wir für einander bereit haben.'«

Gertrud sah sie groß, mit leuchtenden Augen an. Sie wußte, das war Mädchengeschwätz, in Wirklichkeit würde das ganz anders kommen; und dennoch, ihr Herz schlug wild, und ein unbezähmbarer, sehnsüchtiger Wunsch nach dem Einziggeliebten brach sich Bahn.

»Ach, wenn ich heute mit gewesen wäre und hätte ... Nein, nein, Maggie, du führst mich in Versuchung ... und ich habe Angst ... ich werde schlecht ... Muß er sich selbst nicht sagen, daß es schlecht ist? Ich bin eine verheiratete Frau ... Und meine Jungen ... ach, meine Jungen!«

Sie weinte heftig. Aber Maggie fühlte, daß Gertruds Widerstand schon nachgelassen hatte.

Damit war sie für jetzt zufrieden. Die arme Gertrud mußte ja erst allmählich wieder zur Selbständigkeit und Glücksfähigkeit erzogen werden.

Bei Tisch, als der Oberförster Maggie mit Seckersdorf neckte – absichtlich, um Gertrud dabei zu beobachten, wie Maggie wohl merkte –, wechselten die Schwestern einen Blick des Einverständnisses, und Gertrud lächelte ein wenig.

So begann denn der Plan Gestalt anzunehmen, und alles ging langsam vorwärts.

Maggie sprach unausgesetzt von Seckersdorf und seiner Liebe zu Gertrud, als von etwas Selbstverständlichem. Sie dachte nicht ganz so, wie sie sprach, sie glaubte jedoch mit der empfänglicheren Phantasie der Schwester rechnen zu müssen, und redete sich dann allmählich in immer größere Wärme hinein. Oft wurde sie müde, wenn Gertrud immer dasselbe sagte: »Ich bin eine verheiratete Frau und darf an keinen anderen denken.« Aber sie ließ doch nicht nach und war zum erstenmal zufrieden, als eines Tages sich zu den üblichen Worten der Zusatz einstellte: »Bis daß ich frei bin.«

Sie kämpfte so ehrlich, die arme Gertrud. Sie schwankte und glaubte sich fest, sie beschäftigte sich, so gut sie konnte, im Hause und mit den Kindern. Aber wenn es ihr mühsam gelungen war, die gefährlichen Gedanken zu verbannen, stand Maggie da und sagte: »Gertrud, wenn er dich so sähe,« oder: »Was möchtest du sagen, wenn er die Türe aufmachte und die Arme ausbreitete?« oder ähnliche Torheiten mehr, die dann immer eine Überleitung auf das verbotene Thema abgaben.

Allmählich wurde da Gertruds Widerstand immer schwächer. Äußerlich und auch vor sich selbst. Sie fing an, die vergangenen Ehejahre zu vergessen und sich, wie in jener kurzen Zeit ihres Mädchenlebens, von dem süßen, bangen, aufregenden Gefühl beherrschen zu lassen, das in den Gedanken ausklang: »Er liebt dich noch immer!«

Sie blühte von Tag zu Tag dabei auf. Die ängstliche Spannung, durch die beständige Furcht erzeugt, etwas nicht recht zu machen, wich aus ihrem Gesicht, und es gab Augenblicke, in denen die stille, harmonische Heiterkeit, die früher einen guten Teil ihrer Schönheit ausgemacht hatte, ihr ganzes Wesen wieder durchleuchtete.

Maggie sah es mit Stolz und fühlte sich gehoben und glücklich.

Gertrud warf sich ihr nun ganz in die Arme. Was noch an Bedenken in ihr geherrscht hatte, verschwand, und sie gab sich der Schwester mit dem ganzen vollen Vertrauen ihres reinen, guten, törichten Herzens. Maggie wunderte sich oft und ärgerte sich auch manchmal über sie.

Ja, wenn Gertrud so war, so unpraktisch ehrlich, so gut, so weltunklug und unberührt von allem Niedrigen, das sich doch nun einmal nicht aus dem Leben fortleugnen ließ, dann war es begreiflich, daß Kurowski in seiner zynischen Gewissenlosigkeit sich unbehaglich mit Gertrud fühlen mußte.

Ob übrigens Seckersdorf, der einen durchaus zielbewußten, lebensklugen Eindruck machte, Verständnis für diese träumerisch unweltliche Art Gertruds besaß? Ob diese Liebe nicht im Grunde doch Einbildung von ihm war, nur weil er Gertrud nicht bekommen hatte?

Wenn sie so diesen Gedanken folgte, sie weiter ausspann, erschrak sie zuletzt. Denn das Ende war jedesmal, daß sie sich sagte: »Eigentlich wäre jeder der beiden Männer, Kurowski wie Seckersdorf, gerade der Mann für mich, und nun hält Gertrud alle beide. Dafür hab' ich sie aber auch lieb und will sie glücklich machen,« beruhigte sie sich dann. »Sonst ...«

Übrigens kühlte sich ihre große Liebe für Gertrud ein wenig ab. Es lag schließlich doch in Gertruds Art etwas Beschränktheit. Warum hatte sie sich ihr Leben auf dem prachtvollen Laukischken nicht eingerichtet, im Winter in Berlin, Paris oder Rom? Wenn nicht mit, dann ohne ihren Mann? Sie hatte schließlich doch nicht darauf rechnen können, daß Seckersdorf ihr nach acht Jahren mit Hundetreue wieder begegnen würde.

Diese ganze Empfindsamkeit war eigentlich Blödsinn. Aber da sie nun einmal die Leitung in dieser Komödie übernommen hatte, sollte auch nach ihrem Willen gespielt werden.

Darüber kam nun der Sonntag heran, an dem in Waldlack getanzt werden sollte. Gertrud blieb natürlich zu Hause, hätte aber die Schwester gern so glänzend als möglich herausgeputzt. Maggie wollte nicht. Sie mochte nicht anders erscheinen, als ihren

Verhältnissen entsprach. Und als sie dann in ihrem einfachen blaßblauen Kleidchen herunterkam, nur ein paar frische Rosen von Fräulein Perls selbstgezogenem Rosenbusch an der Brust, gab Gertrud ihr Recht. Frischer und lieblicher hätte sie in dem kostbarsten Staat nicht aussehen können, meinte sie, und alt und jung müßte sich in sie verlieben.

»Und wenn Seckersdorf das täte?« fragte Maggie lachend, aber mit einer kleinen, innerlichen Bitterkeit.

Gertrud lächelte dazu und sagte: »Der ist ja nicht mehr frei, – aber alle anderen.«

Diese Zuversicht! Doch Gertrud hatte sicherlich recht. Mit diesem und ähnlichen Gedanken beschäftigte sich Maggie auf dem Wege nach Waldlack, den sie, gut eingehüllt, im Halbwagen mit dem Vater zurücklegte.

Die Waldlacker Tanzgesellschaft war immer die Einleitung der Wintervergnügungen des Kreises. Alt und jung freute sich darauf; denn das Waldlacker Haus hatte den ausgedehntesten Umgang, konnte eine Menge Logierbesuch beherbergen und darum auch Gäste von weit her bei sich sehen.

Die Waldlacker waren außerdem reich, führten den Haushalt in großem Stil und sorgten dafür, daß die Saisonneuerungen, die in Berlin für notwendig erklärt worden waren, in ihrem Kreise eingeführt wurden.

Der Gedanke daran fuhr Maggie durch den Kopf, als der Wagen vor der Terrasse hielt. »Ach, für mich gibt's heute ja nur Seckersdorf!« dachte sie aber gleich, halb gespannt, halb widerwillig weiter.

Nun die mit Läufern belegte und überdachte Terrassentreppe – ein Luxus, den sich sonst niemand gestattete – hinauf, in den kleinen Gartensaal, der, mit Orangen und Palmen geschmückt und farbig erleuchtet, festlich anmutete. Zu beiden Seiten die Garderoben, in denen die ersten Begrüßungen und das Instandsetzen der Toiletten eine ausgedehnte Zeit in Anspruch nahmen.

Maggie hatte immer darauf gehalten, sich mit den Frauen und Mädchen der Umgegend gut zu stellen; und sie war zufrieden, als man von allen Seiten auf sie zukam, ihr Zärtlichkeiten sagte, Komplimente über ihr Aussehen machte, als der Nachwuchs des Jahres sie enthusiastisch und respektvoll begrüßte und die anderen jungen Mädchen in aller Eile Geschichten zu erzählen und vielerlei zu fragen hatten, – die besonders vertrauten auch nach Gertrud Kurowski, die man gehofft hatte hier anzutreffen.

Maggie antwortete unbefangen in der Lesart ihres Schwagers darauf und ging auf alles andere heiter ein. Sie freute sich »furchtbar« aufs Tanzen, ließ sich von den jungen Herren erzählen, die da waren, tauschte Vermutungen aus, mit wem die oder die den Kotillon tanzen würde, von wem wohl die Marie Röder das große Bukett haben könnte, mit dem sie so geheimnisvoll tat, und gab dann schließlich zum besten, daß sie den vermutlichen Löwen des Abends, Seckersdorf, schon einmal getroffen und ihn sehr nett gefunden hätte.

Da schwirrten denn die Fragen durcheinander.

Ob er noch tanzte, ob er gut aussähe, ob er bleiben wollte, ob er unverlobt wäre ...

Maggie gab Auskunft, so gut sie konnte, und meinte, wenn's dazu käme, wollte sie ihn ordentlich ins Gebet nehmen. Dann warf sie noch einen kurzen Blick in den Spiegel, stellte mit Befriedigung fest, daß sie entschieden am besten von allen aussah, und trat siegesfroh in den Gartensaal, wo der Vater sie erwartete.

Sie fuhr ein klein wenig zusammen. Neben ihm stand Seckersdorf.

Er war doch eine prachtvolle Erscheinung, selbst in dem häßlichen Frackanzug. Der Typus des ritterlichen Mannes, ehrenfeste Kraft in jedem Zuge.

Er kam ihr entgegen, und nachdem sie einander und den alten Herrn von Schweitzer begrüßt hatten, der sich dem Vater anschloß, gingen sie zusammen durch den Saal weiter. Beide befangen und schweigend, bis er den Anfang machte und stockend fragte: »Gnädiges Fräulein haben den Rückweg neulich ohne Anstrengung gemacht?«

Nun lachte Maggie. »Natürlich! Aber, bitte, sagen Sie doch lieber einmal ehrlich, was Sie eben dachten.«

»Ehrlich?« Er sah ihr aufrichtig ins Gesicht.

»Gewiß. Zwischen uns ist Ehrlichkeit doch die erste Bedingung.«

Er nickte und sagte etwas verlegen: »Ich dachte, wie ich eines Abends vor neun Jahren mit ein paar Kameraden hier stand, – und aus der Damengarderobe trat Ihre Schwester heraus, wie Sie heute.«

»Ich besinne mich zufällig auf den Abend auch,« antwortete Maggie nachdenklich. »Ich war so neidisch auf Gertrud und bewunderte sie so. Sie trug ein weißes Kleid mit Silber durchwebt.«

»Ja, ja!« bestätigte er. »Damals war hier alles mit Tannen hergerichtet und eine Art künstliches Mondlicht geschaffen. Keiner von uns hatte Ihr Fräulein – Ihre Frau Schwester noch gesehen. Und wie sie da allein herauskam und sich nach dem Herrn Vater umsah ... Wir standen alle ganz starr ... So etwas Schönes hatte man überhaupt noch nie erblickt.«

In Maggie erhob sich etwas wie der Neid von damals.

Sie waren an der Türe des Empfangszimmers.

»Darf ich mir den Kotillon sichern?« bat Seckersdorf.

Maggie bejahte freundlich, und begrüßte die Wirte, die ihr besonders gewogen waren.

Frau von Bork, eine große, schlanke, tadellos angezogene Dame, mit ein klein wenig aus der Jugend übriggebliebenem Hoftick, fand noch Zeit, ihr zu sagen, daß sie ihr Seckersdorf als Tischherr zugedacht hatte.

Maggie verschwieg, daß sie auch den Kotillon mit ihm tanzen würde. »Wenn es sich nicht um Gertrud handelte,« dachte sie, am Arme des Hausherrn in den Tanzsaal gehend, »welche Gelegenheit für mich selbst!«

Herr von Bork reichte ihr die Tanzkarte, die sofort von Hand zu Hand wanderte, nachdem Seckersdorf seinen Namen eingezeichnet hatte. Als Maggie dann den älteren Damen, die noch gruppenweise im Saale umherstanden, guten Abend sagte und sich hier und da mit einigen ballfiebernden jungen Mädchen unterhielt, immer von wohlwollenden, bewundernden Blicken empfangen, war sie schon sicher, daß sie an diesem Abend wieder die Gefeiertste sein würde.

Das freute sie wegen Seckersdorf.

Als die Musik mit der üblichen Polonäse einsetzte, kam es wie ein Rausch über sie.

Im Vollgefühl ihrer Jugendschönheit und Macht wuchs sie förmlich, und dem Rittmeister von Parchemb, auch einer von Gertruds Jugendverehrern, der sie zum Rundgang führte, hätte sie entgegenjubeln mögen.

Es war doch wunderbar schön, jung zu sein, ein Leben vor sich, die Zügel fest in der Hand. Vorwärts in alle die Freuden hinein!

Sie sprühte von Ausgelassenheit und Scherzen. Ihr Kavalier, ein schon etwas schwerfälliger Herr gegen Ende der Dreißig, konnte ihr nicht gut folgen, freute sich aber an dem Feuerwerk, das so munter auf ihn niederprasselte, und ersetzte durch bewundernde Blicke, was ihm an schlagfertigen Entgegnungen fehlte. Den Kameraden konnte er hinterher nicht genug von dem schneidigen Mädel erzählen, und so drängte man sich um Maggie mit Bitten um Extratouren und mit Scherzworten, die im Vorübergehen hingeworfen und lachend erwidert wurden. Es machte bald den Eindruck, als ob sie die einzige Dame wäre, die man für beachtenswert hielt. Die zuschauenden Mütter begannen die Köpfe zusammenzustecken, die tanzenden Töchter, die von ihren Herren minutenlang ohne Unterhaltung gelassen wurden, weil man beständig zu der Ecke hinübersah, in der Maggie Hagedorn mit dem jungen Prittwitz, einer der besten Partien des Abends, lachte, machten unzufriedene Gesichter, kurz, Maggie fing an, ihre bisher mit so viel Opfern gehaltene gute Stellung am heutigen Abend bei den Damen zu verlieren.

Sie merkte das wohl, aber es lag ihr heute nichts daran. Sie wollte sich amüsieren, froh sein, ausgezeichnet werden. Sie wollte zeigen, daß man nicht schön zu sein brauchte wie Gertrud, um doch alle Welt an sich zu fesseln. Aber wem wollte sie es denn zeigen?

In einem Anfluge von Schuldbewußtsein atmete sie beklommen auf und sah gedankenvoll zu Seckersdorf hinüber. Er hatte nur Extratouren mit ihr wie mit allen Damen getanzt und sich ihr weiter nicht genähert. Aber sie fühlte, daß er sie beobachtete, und ihr war, als ob sie sich vor ihm allein als gefeierte Ballkönigin zur Schau stellte.

Und endlich kam das Souper. Maggie war müde geworden von dem vielen Tanzen und Schwatzen und lehnte sich fest auf den Arm Seckersdorfs. Er führte sie zu einem Platz der hufeisenförmig gedeckten Tafel, an dem sie neben dem Gourmet Beckers saß, während sich ihm zur Seite ein neu verlobtes

Brautpaar befand, und die Gegenübersitzenden ihnen durch einen hohen Tafelaufsatz verdeckt waren. Hatte er diesen abgelegenen Platz so ausgesucht, oder war es ein Zufall? Sie sah fragend zu ihm auf. Er verstand.

»Ich bin der Attentäter, Fräulein Hagedorn,« sagte er. »Werden Sie nicht bereuen, daß Sie mir das Souper gegeben haben?«

»Was glauben Sie denn?« fragte sie geradezu. »Ich habe doch immerzu daran gedacht, daß wir uns jetzt aussprechen würden. Ich sah es ja auch Ihnen an, wie Sie darauf warteten.«

Ja, er hätte mit Spannung gewartet, alle die Tage, und er wäre glücklich gewesen, wenn er sie hätte sprechen können. Sie hätte ihn durch ihre Andeutungen neulich in große Unruhe versetzt. Er wüßte nicht, wie es durch ihn zu einem so schweren Mißverständnis hätte kommen können. Der Gedanke peinigte ihn furchtbar und er bäte Fräulein Maggie inständig, ihm alles zu sagen.

Maggie lehnte sich in ihren Stuhl zurück und sah ihn von unten herauf ernst an.

»Herr von Seckersdorf ... Vertrauen gegen Vertrauen. Lieben Sie meine Schwester Gertrud noch?«

Seckersdorf fuhr zusammen. »Fräulein Maggie!«

»Ja,« fuhr sie fort. »Das ist die Generalfrage. Über die müssen wir uns einigen, wenn ich mit Ihnen ehrlich und ohne Rückhalt sprechen soll. Also ja ... oder nein?«

Seckersdorf sah sie mißbilligend, fast hochmütig an. Er war blaß geworden.

»Fräulein Maggie, meine Lebensanschauungen verbieten mir, die Frau eines anderen –«

»Das heißt also: nein!« sagte Maggie kalt. »Gut, sprechen wir nicht weiter über die Angelegenheit. Oder doch ... weil Sie in Unruhe sind, Herr von Seckersdorf. Machen Sie sich keine Vorwürfe deshalb. Mein Schwager hat Gertrud nur brutal behandelt, weil er behauptet, daß s i e Ihnen Avancen gemacht hätte.«

»Gott!« Seckersdorf hob den Kopf hoch und sah in wortlosem Ingrimm vor sich hin.

Maggie erschrak. So stark war der Ausdruck dieses unterdrückten Zorns, daß seine Wellen in ihr nachbebten, und zugleich ein leises Bangen sie ergriff, ob sie nicht Geister gerufen habe, die sie nicht mehr würde bändigen können.

»Ich bitte Sie jetzt dringend, mir den ganzen Vorgang zu erzählen, soweit Sie unterrichtet sind,« sagte er leise, und seine Augen hingen mit strengem Blick an ihrem Gesichte.

Sie wiederholte die kecke Frage von vorhin nicht mehr und erzählte. Ohne mit den Wimpern zu zucken, trug sie stark auf.

Seckersdorf glühte und biß die Zähne zusammen. »Ich werde Ihren Herrn Vater bitten, mir Gelegenheit zu einer Unterredung mit Frau von Kurowski zu geben.«

Nun war Maggie wieder ganz der Situation gewachsen.

»Wo denken Sie hin? Soll Gertruds Namen denn wirklich in einen Skandal gezogen werden? Was meinen Sie wohl, wie Kurowski triumphieren würde, wenn Sie mit meiner Schwester zusammenträfen? Er hat schon in einem unverschämten Brief an Papa verfängliche Andeutungen gemacht, doch ohne Ihren Namen zu nennen. Übrigens können wir aus allem, was er sonst sagt, nicht klar darüber werden, ob er überhaupt je auf eine Scheidung eingehen wird.«

»Ihre Frau Schwester will sich scheiden lassen?« fragte Seckersdorf tief atmend.

»Sie will, die arme Gertrud ... Aber sie ist ja so mürbe geworden, und wenn Papa sich auf Kurowskis Seite stellt, sie zwingt –«

»Das kann er nicht. Der eigene Vater! Wie sollte er?«

»Es wäre doch nicht das erstemal. Gertrud ist sehr weich.«

Ein traurig zärtliches Lächeln, rührend in diesem kraftvoll ernsten Gesichte, umzog Seckersdorfs Lippen.

»Wie er sie liebt!« dachte Maggie, jetzt mit Bewußtsein neidisch.

»Sehen Sie,« sagte sie weiter, »schließlich ist es Papa ja auch nicht zu verdenken, von seinem Standpunkte aus. Gertrud war gut versorgt, glänzend sogar – sie ist jetzt achtundzwanzig Jahre alt – und die Kinder ...«

»Ja, die Kinder!«

Seckersdorf fuhr sich mit der Hand gegen die Stirn.

»Sie würde sie ihm lassen müssen!« sagte er.

Maggie zuckte die Achseln.

»Und sie ist fest entschlossen?« fragte er. »Sie ist s e h r unglücklich?«

Maggie nickte nur. Sie hätte jetzt gut eine leise Andeutung über Gertruds Liebe zu ihm machen können, aber mit einem Male wollte sie nicht.

Seckersdorf drehte sich scharf zu ihr herum.

Das Abendessen – einfach mit vier Gängen, Maggie hatte alle gekostet, trotz ihrer Erregung – nahm seinen Fortgang. Trinksprüche wurden ausgebracht, man ging zu den Wirten, kehrte wieder auf die Plätze zurück, die Unterhaltung wurde lauter, Necken und Flirten lebhafter.

Maggie fühlte einen dumpfen Zorn in sich. Warum hatte sie sich eigentlich auf die ganze Geschichte eingelassen? Wenn die beiden sich so sehr liebten, sollten sie auch allein zusammenkommen. Nun war sie von dem allgemeinen Vergnügen ausgeschlossen und ... Nein – sie vergegenwärtigte sich das liebe, bleiche Gesicht Gertruds, mit dem weinenden Mund und den zärtlichen Augen –, jetzt war sie doch wieder mit Eifer bei der Sache. Was würde dieser große, starke, ungeschickte Junge nun sagen? Sie sah ihn fragend an.

Da fühlte sie ihre Hand gefaßt. Unter dem

Tisch, mit einem festen Druck. Ein heißer Schauer überlief sie.

»Fräulein Maggie!« sagte Seckersdorf. »Ich will Ihnen jetzt sagen ... auf ihre Frage von vorhin ... Also damals, damals war mir ein Stück Leben weg, als die Sache mit Gertrud so auseinanderging, und ich noch den Großmütigen spielen mußte. Und als sie sich verheiratete, – ja, was soll ich sagen – leicht war's nicht. Aber das Schlimmste kam noch. Sie wissen vielleicht, meine beiden Vettern starben kurz nacheinander, ihr Vater, mein Onkel, rief mich zu sich nach Sachsen und adoptierte mich, und da bin ich mit einem Male in gute Verhältnisse gekommen. Und um die lumpige Kaution hatte ich s i e aufgeben müssen. Das war mehr als hart.«

Maggie nickte teilnehmend und sah mit schweigender Aufforderung in sein bewegtes Gesicht.

»Es gab dann ja viel zu tun!« sagte er weiter. »Landwirtschaft zu lernen und die Uniform zu vergessen. Das ging. Nur in Frauengesellschaft, da hab' ich im Anfang manchmal die Zähne zusammenbeißen müssen. Wenn ich so dachte ... das liebe, weißblonde Köpfchen, das siehst du nie mehr darunter ...«

Es quälte ihn heute noch in der Erinnerung.

Maggie fühlte ihr Herz seltsam gepreßt.

»Aber, gnädiges Fräulein,« er sprach immer in demselben schlichten, stillen Ton, »die Gewohnheit und so das ganze Dasein, das hilft einem zuletzt über manches weg. Man wird auch älter. Man denkt schließlich an all das mit ein bißchen Rührung und

Wehmut und sagt sich ... es wär' so schön gewesen ... aber es ging nun doch mal nicht. So wäre es auch geblieben ... wenn ich Gertrud als glückliche Frau wiedergesehen hätte. Aber als ich da neulich hier guten Tag sage, und komme zu den Damen – dem Kurowski hatt' ich schon die Hand gedrückt – und da find' ich sie so blaß, elend und so vergrämt ... Und wir sehn uns an ... und ... Ja, Fräulein Maggie, nach dem, was Sie mir heute erzählen, wie's mit ihr steht, braucht sie gar nichts weiter zu reden ... Aber Sie ... Wollen Sie ihr von mir sagen ... daß ich ihr ... daß ich ... mit Leib und Seele ... und wenn sie mich braucht ... und wenn sie frei ist ...?«

Er hielt inne und sah sich erschrocken um. Man hatte eben ans Glas geschlagen. Eine neue Rede wurde gehalten.

Maggie war durch seine abgebrochenen Worte in eine seltsame Stimmung gesponnen. Ein leises Verstehen tauchte in ihr auf, für ein Glück, das außer jeder Berechnung steht, das von irgendwo als ein warmer Strahl herkommt und jede sorgfältige Überlegung, alles Kalte, alles Unehrliche vielleicht wegspült. »Eigentümlich muß es sein – eigentümlich –« dachte sie. Und plötzlich durchbrauste eine heiße Zärtlichkeit sie ... für Gertrud ... für Seckersdorf.

Aber sie nahm sich zusammen. Um Gotteswillen, nicht den Kopf verlieren, nicht sentimental werden, sich schließlich regelrecht in diesen blonden Toggenburg verlieben! Welch ein Unsinn! Nein, es blieb dabei, wie sie sich's vorgenommen. Zwei Menschen auf dieser Welt würden glücklich, und sie suchte sich anderswo ihr Teil. Aber interessant wäre es gewesen, diese merkwürdige Erscheinung, diese sogenannte Treue zu ergründen, – ein klein wenig zu erschüttern vielleicht ...

Ob ihr das gelingen würde? Mit einem kleinen Stachel in der Seele wiederholte sie: »Aber das weißblonde Köpfchen, das siehst du nie mehr darunter.« Das war ordentlich aufregend. Ein Schauer überlief sie. Wie, wenn sie's doch versuchte? Und dann großmütig verzichtete und wieder zu Gertruds Gunsten einlenkte, sobald sie sah, daß es zu glücken anfing?

Die Rede war zu Ende. Die beiden merkten es am Zusammenklingen der Gläser.

»Ich werde zu Hause sondieren und Ihre Bestellung ausrichten,« sagte sie, während sie mit ihm anstieß.

»Ich werde es Ihnen nie vergessen,« erwiderte er einfach.

Sie sah ihn aus zusammengekniffenen Augen an.

»Wissen Sie was, – nun wollen wir lustig sein. Wir haben auch noch den langen Kotillon zusammen ... Wie wär's, wenn wir täten ... als ...«

»Als was?« fragte er freundlich, aber mit seinen Gedanken weit ab.

»Nichts ... nichts ... Sehen Sie, man beobachtet uns ... Hier dieses Vielliebchen ... j'y pense.«

Er nahm die Mandel. »Und wenn ich gewinne,« bat er, »bekomme ich einmal ein Briefchen mit Nachrichten, wie?«

»Nein, nein!« sagte sie. »Unter einem Stelldichein tue ich's nicht. Ich schreibe Ihnen eine Zeile, wenn ich wieder einmal mit Papa mitgehe ... Gertrud bleibt ganz aus dem Spiel. Das ist abgemacht, nicht?«

Er nickte ein paarmal.

Man stand auf. Maggie reichte ihm die Hand. »Das Souper gehörte Gertrud, der Kotillon ist für mich,« dachte sie dabei. Aber sie besann sich anders. Da sie an Neckereien und kleinen, neidischen Bemerkungen sah, daß man ihr die ausschließliche Unterhaltung mit Seckersdorf verdachte, überredete sie den Vater, vor dem Kotillon aufzubrechen. Sie verlor dabei nicht. Die Herren verwünschten die morgige Holzversteigerung, die den Vorwand zum frühen Aufbruch gab, und überhäuften sie im voraus mit Blumen und Geschenken.

Äußerlich vollbefriedigt, lachend und strahlend ging sie am Arme ihres Vaters hinaus. Aber ihr war zumute, als ob plötzlich etwas nicht ganz klar in ihrem Leben sei.

Der Vater strich ihr einmal, als sie längst im Wagen saßen, zärtlich über das Gesicht. Da dachte sie, sie müßte weinen. Und aufgeregt, mit Tränen kämpfend, saß sie in ihrer Ecke, während Hagedorn einschlief, und sah mit starren Augen nach den funkelnden Sternen, die den kalten Herbsthimmel zitternd übersäten.

Zögernd, den Kopf von der Fahrt her noch voll böser Gedanken, trat Maggie in Gertruds Schlafzimmer.

Es war durch die Geschicklichkeit der Jungfer den Bedürfnissen der jungen Frau einigermaßen entsprechend hergerichtet worden. Was es an Polstern und Teppichen irgend Entbehrliches im Hause gab, füllte das weichliche Nestchen, und Maggie hatte selbst geholfen, es zu schmücken und ihre helle Freude an dem kleinen Raum gehabt, in dem sie oft bis spät in die Nacht zusammen saßen und plauderten.

Heute ärgerte sie sich, ärgerte sich gleich beim Hineinsehen über das rote Lämpchen, das hinter seinem Schirm hervor ein zartes Licht über das duftige Zimmer warf. Gertrud fürchtete sich im Dunkeln, wie ein Kind, und wie ein Kind schlief sie auch jetzt. So fest, daß sie bei Maggies Hineinkommen nicht aufwachte. Und wußte doch, daß heute über ihre Zukunft beraten worden war!

Maggie schüttelte den Kopf. Ob es nicht Torheit war, einen Mann wie Seckersdorf mit diesem unselbständigen Kinde zusammenzuketten? Ob sie die richtige Genossin für einen kraftsprühenden Gatten war, – zerbrechlich, halb verblüht, weltfremd und verzärtelt?

Sie biß die Zähne zusammen und trat hastig an das Bett.

Da erwachte Gertrud. Mit großen, noch träumenden Augen sah sie in die Höhe und richtete sich dann mit einem Ruck auf. Ihre Backen waren vom Schlafen heiß, und die schimmernden Haarsträhnen fielen ihr tief ins Gesicht. Sie war in dem Spitzengewirr, das sie umgab, unter der roten Seidendecke, aus der sie sich wickelte, in dem Veilchenduft, den sie ausströmte, so unglaublich reizend, daß Maggie wider Willen sie in die Arme nahm und dachte: »Nein, du sollst ihn doch haben.«

In ihrem Ballstaat auf dem Bettrande sitzend und die Schwester umschlungen haltend, erzählte sie ihr, wie Hans Seckersdorf von ihr gesprochen hatte, und daß er ihr gut wäre, wie damals, als er ihr weißes Köpfchen zum ersten Male unter den Tannen des Waldlacker Gartenhauses sah. Und wenn sie frei wäre ...

Gertruds Gesicht wurde still und ernst.

»Ich wußte es ja!« sagte sie und legte sich fest an Maggie. Dann seufzte sie glücklich. Und das war alles.

»Nun?« fragte Maggie.

»Ich danke dir, liebes Herz ... Du bist gut und lieb gewesen.«

»Das mein' ich nicht,« erwiderte Maggie ungeduldig. »Ich wundere mich, daß du nicht rasend, wahnsinnig vor Freude bist. Wenn du dir das alles überlegst, mußt du dir doch sagen, daß es ein unerhörtes Glück für dich ist, wie die Verhältnisse jetzt liegen ...«

»Weißt du, Maggie, ein unerhörtes Glück wäre es gewesen, wenn wir damals zusammengekommen wären. Jetzt ... ich weiß nicht, Kind ... Ich bin ja gewiß stolz, daß er mich noch lieb hat ... wahrhaftig ...«

»Du hast auch allen Grund dazu,« sagte Maggie heftig. »Bedenke, daß er dich aus der Hand eines anderen nimmt, daß du nicht mehr jung bist und ...«

»Ach, Maggie, wenn e r elend und häßlich und alt wäre, hätt' ich ihn doch auch nicht weniger lieb. Das ist's nicht ... Aber ... nein, ich weiß nicht, wie ich das so sagen soll ... glaub' mir, so zum Jubeln ist das alles nicht.«

Maggie brauste auf. »Hör' mal, Gertrud, komme mir jetzt nicht noch etwa mit moralischen Bedenken. Es scheint, daß das ein Vergnügen ist, mit dem du dir die ganze Sache noch etwas pikanter machst, aber ich hasse all solche Halbheiten, solch bewußten oder unbewußten Selbstbetrug. Mir komme nicht damit. Entweder du willst dich von Kurowski scheiden lassen und Seckersdorf heiraten ... oder du findest dich in die alten Laukischker Verhältnisse und gibst Seckersdorf frei.«

Gertrud sah ihre Schwester starr vor Schreck an. Noch nie hatte diese so harte und bittere Worte zu ihr gesprochen.

Was bedeutete das? »Maggie, warum machst du mir da so häßliche Vorwürfe? Du weißt doch, daß ich nicht so unehrlich bin, wie du sagst ... Sieh mal, wär' ich auf das alles nicht eingegangen, hättest du kein Recht, mir solche bösen Sachen zuzumuten ... Wir werden also nie mehr darüber sprechen ... Mögen die Dinge ihren Lauf gehen.«

»Jetzt, wo du weißt, wie Seckersdorf denkt, kannst du das ja auch mit Ruhe abwarten,« stieß Maggie hervor und lief in dem kleinen Zimmer herum.

»Du, daß Hans mir gut ist, wußte ich in dem Augenblick, als wir uns wiedersahen. An später hast d u gedacht. Nun bitt' ich dich, tue es nie wieder ... Komm her, Maggie!« Diese kam zögernd. »Du bist ja ganz wild und aufsässig! Komm, sei gut ... was ist nur in dich gefahren? Ich danke dir schön, ich danke dir, daß du so für mich sorgen wolltest, danke dir tausendmal für alles, was du ihm von mir gesagt hast ... Maggie, was ist dir?«

Maggie wußte es selbst nicht.

»Ich glaube Ärger, Enttäuschung, daß du nicht so froh warst, wie ich gedacht hatte,« sagte sie finster. »Vielleicht bin ich auch neidisch, weil ihr so – oder weil ich ... Gertrud, ich bitte dich, sag' mir auf Ehre und Gewissen, ist diese Liebe wirklich keine Einbildung, die man abschütteln kann, wenn sie einem zu viel wird? Ich kenne mich nicht mehr aus. Ich habe Furcht ... Sag' mir, ist es ganz unmöglich, daß du ihn je vergißt? Hast du immer an ihn gedacht? Und wenn dein Mann gut gegen dich gewesen wäre?«

Gertrud sah sie kläglich an. »Frag' nicht so. Ich weiß, ich bin eine pflichtvergessene Frau. Aber, Maggie, vielleicht hab' ich darum alles über mich ergehen lassen, was Kurt mir antat, weil ich immer und immer an i h n gedacht habe, und sogar als die Kinder kamen ... und wenn ...«

Sie warf sich in die Kissen und bedeckte das Gesicht mit den Händen.

»Gute Nacht!« sagte Maggie kurz und lief hinaus.

Von nun an begann für Gertrud ein anderes Leben. Sie fing an, ernstlich über die Scheidung nachzudenken und wußte in ihrer Unerfahrenheit nicht, wie sie ins Werk zu setzen wäre. Ihren Vater wagte sie nicht zu fragen, Maggie konnte sicherlich auch nichts wissen, und Fräulein Perl, mit der sie einmal gesprächsweise und wie unbeteiligt das Thema berührte, sagte ihr so viel Entsetzliches und Skandalöses darüber und erzählte so abschreckende Geschichten, die sie an Bekannten – Gottlob nur wenigen – erlebt hatte, daß Gertrud seit der Zeit nur bebend daran denken konnte, unter ähnlichen Verhältnissen sich der Öffentlichkeit preiszugeben. Aber trotz aller Bangigkeit schwoll doch ein Glücksgefühl in ihr hoch, das sich in erwachender Energie und Lebensfreude äußerte. Sie beschäftigte sich im Hause, sie las und musizierte, und vor allem, sie war viel mit den Kindern, die sie sonst von jeher dem Kinderfräulein überlassen hatte. Und die kleinen lebhaften und liebenswürdigen Geschöpfe vergalten ihr das mit leidenschaftlicher Zärtlichkeit und erschlossen ihr eine neue Welt voller unschuldiger Heiterkeit, in die sie sich hineinschmiegte, in der sie sich geborgen fühlte, in die auch die quälenden Gedanken an die Zukunft keinen Einlaß fanden.

Mit Maggie wollte sich die frühere innige Vertrautheit nicht wieder einstellen. Gertrud grübelte viel über das sonderbare Wesen der Schwester, machte hier und da einen schüchternen Annäherungsversuch und zog sich wieder zurück, wenn Maggie sie kurz oder gar höhnisch abwies. Zuletzt dachte sie, Maggie hätte ihr zwar das Opfer gebracht, mit Seckersdorf zu sprechen, aber schließlich erkannt, wie unwürdig und schlecht das im Grunde doch wäre, und verachtete sie nun. Maggie hatte ja auch tausendmal recht, und sie machte sich selbst ja auch Vorwürfe genug; aber zugleich dachte sie mit brennender Sehnsucht daran, Seckersdorf einmal nur zu sehen, einmal von ihm zu hören, daß er ihr gut sei, daß er warten wolle, bis ... Doch dieses »bis ...« fing nun an, sie furchtbar zu quälen. Wer riet ihr? Wer half ihr? Wenn sie nicht mehr daran denken wollte, holte sie sich ihren Ältesten, einen schönen, klugen, siebenjährigen Jungen und ließ sich die Angst von ihm fortschwatzen, oder sie lief mit beiden in den Wald und spielte mit ihnen im Garten, ganz Eifer und ganz Zärtlichkeit. Und so verliefen die Tage in Hangen und Bangen und doch friedlich und schön.

Maggie ging unterdessen schweigend und mit ihrem härtesten Gesicht herum.

»Was das Mädel mit einemal für Mucken hat?« wunderte sich der Oberförster oft über seine Jüngste.

Er sprach häufig von dem Waldlacker Abend, und daß Maggie an Gertruds altem Verehrer eine gewaltige Eroberung gemacht habe. Es wäre geradezu auffallend gewesen; und er könnte gar nicht begreifen, daß jener danach noch keinen Besuch gemacht hätte.

»Wenn er sich nur nicht deinetwegen scheut, Kind!« äußerte er gelegentlich eines Morgens, Gertrud mißvergnügt ansehend.

»Ich glaube nicht, Papa,« sagte sie verlegen.

»Blödsinn wär's auch! ... Und wenn das mit der Maggie was würde, könnte der Kurowski doch zufrieden sein, und du gingst wieder ruhig nach Laukischken zurück.«

Gertrud erschrak furchtbar. So also hatte Maggie das angefangen? Arme, gute Maggie! Sie stellte sich selbst bloß, sie gefährdete ihren Mädchenruf, vielleicht gar ihre Zukunft. Das ging ja gar nicht, das ging ja nicht!

Sie suchte Maggie auf und schmiegte sich an sie. »Liebes, liebes Kind!« sagte sie. »Mir ist in meiner selbstsüchtigen Verblendung ja gar nicht eingefallen, wie sehr ich dir schade. Um Gottes willen ... Papa erwartet ja eine Bewerbung Seckersdorfs und glaubt, daß ich allein im Wege bin?«

Maggie machte sich los und sah schweigend zum Fenster hinaus.

Der Wald lag im Schnee ... Weicher grauer Duft schloß die Ferne ab; alles rückte nah, schmerzhaft nah.

»Maggie, was ist's?« fragte Gertrud ängstlich.

»Dumm und verdreht ist das alles!« sagte sie. »Ich bin in einer Mausefalle. Aus dir ist nicht klug zu werden. Du bandelst mit Seckersdorf an, man muß an einen furchtbaren Ernst bei euch beiden glauben, – und dann hast du dich mit den Kindern, als ob du gar nicht daran dächtest, sie aufzugeben, und er läßt nichts mehr von sich hören. Und ... und ... Papa hat recht ... Mir entgeht vielleicht die beste Chance meines Lebens ...«

Da war's heraus. Es hatte ihr fast das Herz abgedrückt. Tagaus, tagein hatte sie sich damit abgequält und zuletzt gar nicht mehr versucht, ihre

Wünsche zu beherrschen. Sie malte sich immer nur aus, wie alles anders sein würde, wenn sie, ungehemmt durch diese unbequeme Jugenderinnerung der beiden, mit Seckersdorf hätte verkehren können, und so kam sie eines Tages schließlich dazu, sich zu sagen: »Versuche was du vermagst! Gertrud hat ihr Teil. Sie hat verspielt und muß eben zufrieden sein. Und dann bleiben ihr ja die Kinder!«

Sie machte sich auch die Schwierigkeiten klar, die sie zu überwinden haben würde, wenn sie wirklich für sich ernst machen wollte. Dabei geriet sie in ein Phantasieren über Liebe und Treue, über Zusammengehörigkeit zweier Menschen, über die stille Festigkeit und den Blick Seckersdorfs, wenn er an Gertrud dachte und an tausend Dinge, die damit zusammenhingen und die bisher für sie nicht auf der Welt gewesen waren. Das machte sie zornig und krank, das weckte den Wunsch in ihr, derbe, harte Worte zu hören oder zu sagen, vor allem aber den, diese Gertrud, die ganz ruhig zusehen wollte, wie man ihr ein unerhörtes Glück aufbaute, die schon unerträglich siegesgewiß lächelte, diese Gertrud, die ihr mit einem Male so fremd geworden war, zu kränken, zu verletzen, mitten ins Herz zu treffen.

War ihr das nun gelungen?

Gertrud stand ganz blaß da und sah sie erschreckt und mitleidig an.

»Arme Maggie!« sagte sie. »Das ist ja ein furchtbares Unglück.«

»Was?« fragte Maggie kurz.

»Daß du ... ihn nun auch liebst ... Ach, warum

habe ich auch daran nicht gedacht! Mein Gott, mein Gott ... was wird das nun?«

Da lachte Maggie kalt.

»Mit solch blödsinnigen Phantastereien, wie Liebe, verschon' mich!« sagte sie. »Ich nähme ebenso gerne Kurowski oder jeden anderen, der mir das bietet, was ich beanspruche.«

Gertrud nahm ihre Hände und wollte sie an sich ziehen. Sie riß sich los.

»Durch meine überspannte Zärtlichkeit für dich, an der du Schuld bist, du ... mit dem 'weißblonden Köpfchen',« lachte sie höhnisch, »bin ich in diese ganze schiefe Lage geraten. Sähe ich dich nicht jammern und hinschwinden, wahrhaftig, ich würde mich nicht einen Augenblick besinnen ...«

»Ach, Maggie,« sagte Gertrud sanft, »Ich kenn' dich ja besser. Ich verstehe dich auch ... glaube mir, ich kann ganz mit dir empfinden. Ich hab' ihn ja selbst so lieb!«

Maggie machte eine ungeduldige Bewegung und trat an das Fenster.

Gertrud stand wieder hinter ihr.

»Nein, Maggie, wir wollen solch einen Ton zwischen uns doch nicht aufkommen lassen. Wir beide müssen zusammenhalten, wie auch alles wird. Glaubst du denn, ich werde mich von dir so einfach zurückweisen lassen, wenn du so elend bist, daß du schlecht sein willst?«

»Damit fängst du mich nicht,« sagte Maggie

kurz.

Nun wurde es Gertrud doch zuviel. »Das will ich auch gar nicht,« sagte sie ungeduldig. »Aber ich will tun, was ich kann, um dir diese Torheit aus dem Kopf zu reden. Wenn du dich in Hans verliebt hast, so ist das sehr schlimm; denn du wirst keine Erwiderung finden.«

Maggie fuhr auf. »Nicht? Nun, das wollen wir doch sehen! Wetten?« Mit zuckenden Lippen streckte sie die Hand aus.

»Maggie, bist du denn mit einem Male ganz von Sinnen?« fragte Gertrud, starr vor Schreck. »Ich begreife dich einfach nicht. Vor ein paar Tagen kommst du ganz aufgeregt über Seckersdorfs Treue zu mir und redest eifrig auf mich ein ...«

»Und jetzt hab' ich mir die Sache überlegt,« unterbrach Maggie sie voll Trotz, »und will ihn selbst heiraten.«

»Maggie, vergißt du denn, daß er acht Jahre ...?«

»Nein, nein, nein, es ist ja genug davon die Rede,« erwiderte Maggie zornig. »Aber trotzdem werde ich ihn mir erobern – verstehst du?«

Gertrud drückte ratlos ihre Hände zusammen.

»Maggie, wenn er dich lieb hätte, ich schwöre dir, ich würde dir das große Glück gönnen. Aber ... ich weiß –«

Maggie riß das Fenster auf und atmete tief die kühle, klare Luft ein, die mit einem ganzen Strom von Frische ins Zimmer drang.

Gertrud fröstelte und trat zurück.

»Siehst du!« höhnte Maggie. »Nicht einmal einen Luftzug kannst du vertragen. Du bist ein verzärteltes Ding. Geistig ist das ebenso. Dich mit den Verhältnissen in Einklang bringen, kannst du nicht ... Und kämpfen kannst du nicht ... Aber i c h kann ... und ich will ... Ich sage dir jetzt also frei heraus, ich werde mir Mühe geben, Seckersdorf dir abwendig zu machen, ich werde ihn zu sprechen versuchen, wo ich kann, ich werde alles tun, um ihm zu gefallen, und alles, damit ich seine Frau werde.«

Gertrud sah sie blaß und traurig an. »Tu's!« antwortete sie leise. »In dem einen hast du recht, daß ich vielleicht nicht gut genug für ihn bin ... Und kämpfen um seine Liebe – nein, das kann ich nicht! Ich kann nur warten. Aber das tue ich auch in festem Vertrauen auf ihn ... Nachdem du mir seine Worte ausgerichtet hast ...«

»Warte du lieber nicht, Trude,« sagte Maggie weicher. »Laß uns beide ehrlich kämpfen. Schreib' ihm, triff ihn, zeig' ihm daß du ihm gut bist, – und ich will dennoch versuchen, ihn zu bekommen.«

»Quäle uns nicht weiter mit solchen Gedanken,« bat Gertrud. »Du weißt ja gar nicht, was du sprichst. Sei vernünftig und gut.«

»... und laß mir Seckersdorf!« spottete Maggie. »Nein, ich will nicht. Und sobald ich Gelegenheit habe, werde ich für mich tätig sein. Über Lebensauffassungen kann ich mit dir nicht streiten. Aber ich weiß sehr wohl, was ich sage, was ich will. Und wir werden ja sehen, wer zuletzt lacht.«

Gertrud wollte etwas erwidern, aber sie bekam kein Wort über die Lippen. Da stand Maggie, ihre geliebte Schwester, hochrot, und sah sie böse und kalt an.

Sie kam sich mit einem Male wieder so schwach, so unbedeutend und überflüssig vor, als ob ihr Mann da vor ihr stände und höhnisch zu ihr herüberspräche. Aber dann atmete sie auf. Gott sei Dank, Hans Seckersdorf war ja da – und hatte sie lieb.

»Wenn du das alles ernst meinst, Maggie, wird's mit unserer Freundschaft wohl aus sein!« sagte sie mutig. »Tue, was du willst. Schön ist's nicht, was du vorhast, und – ich glaube, vergeblich.« Sie ging nach der Tür. Da fiel ihr noch etwas ein. »Und ich verbiete dir, Maggie, mit Hans über mich zu sprechen!« setzte sie hinzu und ging hinaus.

Dann aber verlor sie ihre Fassung. Alle traurigen und bitteren Gedanken, die aus ihrer falschen Lage sich emporrangen, schwankten in ihr durcheinander. Und durch all das Schmerzliche, das sie in ihnen durchkostete, drängte sich noch beängstigend, verwirrend die Frage: Muß ich wirklich etwas tun, um mir Hans zu erringen, und was soll ich nur anfangen? Ihr wurde bange, wenn sie an Maggies Frische, ihre Klugheit und Anmut dachte. Aber selbst einen ersten Schritt tun, um Hans zu bestimmen? Nein, dreistes Entgegenkommen war in ihrem Falle Verbrechen. Sie konnte nur harren, ob er sie liebte, wie sie es glaubte. Gefühl und Sitte verlangten es. Und Gertrud gehorchte.

In all ihr Grübeln, Verzagen und Hoffen traf unerwartet ein Brief ihres Mannes. Ironisch freundlich, wie man mit Kindern zu sprechen pflegt, in dem Ton, den er ihr gegenüber brauchte, wenn er gut gelaunt war, forderte er sie auf, nach Nizza zu kommen, mit den Kindern und Bedienung. Es wäre dort schön, und er hätte sich's vorgenommen, ihr endlich ihre Launen abzugewöhnen.

Da wußte sie, zum ersten Male fast im Leben, was sie zu tun hatte. Sie sprach mit niemand über den Brief und beantwortete ihn auf der Stelle. Kühl und ruhig setzte sie ihrem Manne auseinander, daß und warum sie eine Trennung wünschte, und sagte ihm, daß sie nach seinem Benehmen gegen sie bestimmt annähme, er würde ihr nichts in den Weg legen. Nach Nizza käme sie selbstverständlich nicht. Ob sie bei ihrem Vater bliebe, wüßte sie auch noch nicht, würde es ihm aber in nächster Zeit mitteilen können.

Damit war der Kampf eingeleitet.

In dem Gefühl, sich von den Ihren durch diesen selbständigen und von ihnen sicher nicht gebilligten Schritt innerlich geschieden zu haben, zog sich Gertrud nun täglich mehr von ihnen zurück. Es wurde ihr leicht, da der Oberförster viel unterwegs war und Maggie ihr selbst aus dem Wege ging. Es war ihr nun ganz klar, daß die Schwester nicht in einer bösen, sonderbaren Laune zu ihr gesprochen hatte, sondern daß sie imstande sein würde, ernstlich als ihre Feindin zu handeln.

Und so sah sie ihre Stellung im Vaterhause unhaltbar werden, fühlte, daß man sie, die einst so geliebte und verwöhnte Tochter, nicht mehr gern dort sah, und begriff, daß sie über kurz oder lang mit ihren Kindern einen anderen Platz würde suchen müssen.

Natürlich zitterte sie vor dem entscheidenden Schritt, ängstigte sie sich vor den unsicheren Verhältnissen, denen sie, im Besitz so geringer Mittel, entgegenging. Aber es schien ihr doch alles nicht mehr so unmöglich, auch ohne die Hilfe des Vaters. Durfte sie doch hoffen, jenseits des alten Lebens die starke Hand zu finden, die nie wieder sie lassen wollte.

Maggie wurde inzwischen immer fester in ihrem Entschluß. Oft fragte sie sich: »Bin ich denn eigentlich verliebt in Seckersdorf?« und zuckte ebenso oft die Achseln über diese Frage.

Er gefiel ihr – natürlich. Er war eine männlich kraftvolle Erscheinung und brachte, trotz seiner einfachen Art, einen Hauch der großen Welt mit sich. Er wurde einmal sehr reich. Sein Onkel, der ihn bereits rechtsgültig adoptiert hatte, besaß außer Romitten mit seinen vier Vorwerken noch große Güter in Sachsen, von deren Ertragsfähigkeit man Wunder erzählte; er war Kammerherr und hatte verwandtschaftliche Beziehungen in den höchsten Kreisen, die natürlich dem Adoptivsohn auch zugute kamen. Welche Aussichten also für sie, die einfach bürgerliche Oberförsterstochter aus Ostpreußen! Eine Chance, von der sie sich nie hatte träumen lassen.

Daß Gertrud ihr ernstlich im Wege stand, unterschätzte sie durchaus nicht. Aber sie sagte sich: Wenn einmal ein Mensch heutzutage, wo so viel vom Willen und Sichdurchsetzen geredet und so wenig gehandelt wird, wirklich ernsthaft, unbedenklich und energisch auf sein Ziel losgeht, muß er es erreichen. Im Grunde war ja alles ringsum schwächlich, bequem oder sentimental. Wer das geschickt zu benutzen verstand, mußte gewinnen.

Sie machte sich ganze Szenen mit Seckersdorf zurecht. Sie ließ ihn so oder so sprechen und erwiderte, wie sie es mußte, wenn sie Gertrud in den Schatten und sich selbst in den Vordergrund bringen wollte. Sie überlegte sich alles bis aufs kleinste, was sie zu tun und zu lassen hatte, um Seckersdorf aus seiner alten Neigung für Gertrud in eine neue Leidenschaft für sie selbst hinüberzulocken. Aber zunächst mußte sie ihn treffen, und sie machte schon Pläne, das in die Wege zu leiten, als das Glück ihr zu Hilfe kam.

Der Oberförster hatte nach längerem Überlegen die offizielle Verwaltung der Romitter Forsten abgelehnt, dagegen für die Aufforstung der verwahrlosten Schläge einen ehemaligen tüchtigen Revierförster empfohlen, der durch ein Disziplinarvergehen brotlos geworden war, seine Sache aber sehr gut verstand. Dem konnte er ab und zu Anweisungen geben und bei Gelegenheit selbst freundschaftlich nach dem Rechten sehen.

Soweit das Wetter es zugelassen hatte, war nun geschlagen und gerodet worden und alles im besten Zuge. Da erkrankte der Verwalter und die gedungenen Taglöhner standen, ohne Ahnung, was weiter tun, da. Seckersdorf schickte einen reitenden Boten und bat um Rat. Das Wetter war klar, ein weicher Wind deutete auf noch länger anhaltende Milde, und die Arbeitszeit mußte wahrgenommen werden.

»Wie wär's, Maggie?« fragte der Oberförster, dem noch am Frühstückstisch der Romitter Brief überbracht wurde. »Hältst du mit? Ich möchte am liebsten heute hin; aber wir marschieren hin und zurück stramm unsere zwanzig Kilometer!«

»Natürlich, Papa, wie immer,« sagte Maggie und streifte Gertrud, die blaß und aufgeregt ihr gegenüber saß, mit einem triumphierenden Blick.

Der Oberförster lächelte verschmitzt und streichelte aufstehend Gertruds Haar. »Ja, das ist eine fesche Margell, die Maggie, – so was konntest du nie.«

»Nein,« antwortete Gertrud, und ihr Blick wurde dunkel, »das konnte ich nie.«

Mit großen, bittenden, fordernden Augen sah sie Maggie an. Aber die achtete nicht darauf. Gertrud hätte aufschreien mögen: »Nehmt mich mit!« Eine heiße Angst preßte ihr Herz zusammen.

»Wir wollen doch sofort den Boten abfertigen, Papa,« sagte Maggie, »damit wir Seckersdorf rechtzeitig an Ort und Stelle finden. Ich werde selbst ein paar Worte schreiben.«

»Du, Mädel, verhau' dich nicht!« warnte der Vater erstaunt. »Briefe schreiben ...«

»Ich tu's ja in deinem Namen, Papa,« widersprach Maggie, setzte sich an das alte Zylinderbureau und warf ein paar Zeilen auf einen dort liegenden Briefbogen.

Gertrud sah mit brennenden Augen zu.

Als sie gingen, nickte Maggie ihr nur ganz flüchtig zu, und der Vater reichte ihr kaum die Hand. Wie war das vor drei Wochen anders gewesen, und wie hatte es so kommen können?

Angstvoll und gedemütigt sah sie den beiden nach, wie sie in den Waldweg einbogen. Maggies klare, laute Stimme schallte deutlich zu ihr herüber, und sie glaubte den geliebten Namen zu verstehen.

»Ich will nicht daran denken!« nahm sie sich vor und trocknete sich die feuchte Stirn. »Wenn sie wüßte, wie sie mich quält! Und nützen wird es ihr doch nichts. Er ist Schöneren und Besseren in der Welt begegnet, die langen acht Jahre hindurch, und ist mir doch gut geblieben.«

Damit tröstete sie sich und ging an ihre täglichen Beschäftigungen.

Der Oberförster und Maggie kamen unterdessen tüchtig vorwärts.

Es war ein Vergnügen, so zu wandern. Der November schien sich in einen Frühlingsmonat verwandelt zu haben. Ein weicher bläulicher Duft umschmiegte die Baumwipfel, die Sonne warf hier und da einen warmen, rötlichen Schein durch das graue Gewölk, Haubenlerchen trieben sich in den Wagengleisen zwitschernd umher, und in der Luft tummelten sich Krähen in dichten Scharen.

Der Oberförster pfiff den Dessauer Marsch. Er war gut gelaunt.

»Und nun sag' mal, Maggie,« fing er nach einem

längeren Schweigen an, »was machen wir mit der Gertrud?«

»Ja, Papa,« erwiderte Maggie zögernd, »ich wollte längst mit dir darüber reden. Ich sprech es nicht gern aus, aber es ist doch wohl besser, ich tu's ... Die Gertrud hat sich den Seckersdorf in den Kopf gesetzt.«

Hagedorn machte große Augen. »Da soll doch der Teufel ... I da soll doch –«

»Ja, und weißt du, Papa, ich bin mit Schuld daran,« fuhr Maggie schnell fort. »Sie tat mir so furchtbar leid, und Seckersdorf schien sich auch für sie zu interessieren. Da hab' ich selbst ihr zugeredet, und nun ...«

Der Oberförster fuhr empört auf. »Zum Teufel, da seid ihr ja beide ... Weißt du, daß das dumm und niederträchtig ist, was du getan hast?«

Maggie stand unter dem Eindruck, als hole sie sich durch ihre Offenherzigkeit zum Vater Freisprechung für ihr Benehmen gegen Gertrud.

»Ja, Papa, du wirst schon recht haben ... Aber jetzt, jetzt ist das alles anders geworden –«

»Jetzt willst du den Seckersdorf selbst haben! Lüge nicht ... Nun seid ihr beide hinter ihm her! Ohrfeigen könnte ich dich. Die Gertrud wird sofort nach Laukischken geschickt, und an Kurowski werd' ich schreiben ... Da soll mir doch einer ... das soll in meinem Hause passieren ... meine Töchter ...«

»Papa, ereifere dich nicht,« sagte Maggie kalt, »damit änderst du doch nichts.«

»Oho ... die Geschichte ist mir jetzt ganz klar,« rief der Oberförster und lief wütend weiter. »Du bist ja eine Gerissene ... Du hast dich mit dem Seckersdorf so pani braci gestellt, ihn sozusagen mit der Gertrud geködert.«

»Nein, Papa, das ist mir erst seit der Waldlacker Gesellschaft eingefallen, daß ich mir selbst doch eigentlich die Nächste bin.«

Und sie setzte ihm auseinander, wie alles gekommen war. Wie sie zuerst durch Gertruds Zärtlichkeit für ihre Kinder stutzig geworden sei, wie sie allmählich dann auch an die anderen Schwierigkeiten bei einer Scheidung gedacht habe, und wie wenig Gertrud dem allem gewachsen sei; und schließlich wären dann auch ihre vierundzwanzig Jahre und ihre eigene Zukunft in Betracht gekommen. Kurz, sie sagte alles, wie es sich in der Tat verhielt; nur die unehrlichen Seiten der ganzen Sache, die überging sie möglichst, und von ihrer Schuld gegen die Schwester sprach sie überhaupt nicht.

Der Oberförster war fassungslos. Er hatte den Gedanken an eine Trennung Gertruds und Kurowskis, seit im Hause nicht mehr die Rede davon war, ganz von sich geschoben. Die Leutchen hatten sich eben gezankt, das kam vor, die Gertrud war einmal energisch aufgetreten, das konnte ihr, dem Manne gegenüber, nur nützen, und die Sache würde sich schon einrenken, sobald der Kurowski erst nach Hause kam. Manchmal war's ihm ja durch den Kopf gegangen, daß Gertruds wegen möglicherweise die Partie zwischen Maggie und Seckersdorf nicht zustande kommen könnte; daß Gertrud aber an Seckersdorf festhielt, hatte er nicht geahnt.

Er überhäufte Maggie mit Vorwürfen. Er fand es schamlos, daß sie unter solchen Verhältnissen sich Hoffnungen machte. Sie hätte abzuwarten, ob Seckersdorf kommen würde, wenn Gertrud abgereist wäre. Und daß das auf der Stelle geschähe, sollte seine erste Sorge sein.

Maggie ließ den Vater sich ruhig ausschelten und setzte ihm dann auseinander, was sie sich überlegt hatte.

Kurowski mußte wiederkommen, aber der Weg zu Gertrud sollte ihm nicht allzu leicht gemacht werden. Er würde ja ohnedies einer Scheidung abgeneigt sein, der Jungen wegen, an denen er hing, und auch weil Gertrud die bequemste Frau für ihn war.

Der Oberförster brauste wieder auf, daß er sich auf derartige Hinterhältigkeiten gar nicht einließe. Frau wäre Frau und bliebe es; er dulde keinen Skandal und wolle der Gertrud das klarmachen, sobald er sie sähe.

»Tu' das nicht, Papa,« sagte Maggie, »sonst verfährst du die ganze Sache. Wenn Gertrud und Seckersdorf sich trotzdem einigen, ist alles umsonst, was wir unternehmen. Es kommt darauf an, ihr wie ihm jede Aussicht abzuschneiden. Und deshalb bin ich heute mitgekommen, – nicht meinetwegen.«

Der Oberförster sah sie groß an und wußte in seinem Staunen über ihre kühle Berechnung nichts zu sagen.

»Sieh, Papa,« fuhr Maggie fort. »Ich bin eigentlich viel zu aufrichtig. Schließlich kann ich ja nicht wissen, ob's mir mit Seckersdorf glückt ...«

»Sprich nicht so frech!« fuhr der Oberförster auf.

Maggie sah ihn fest an. »Bitte, warum nicht aussprechen, was man empfindet? Hätte Gertrud damals den Mut der Offenheit gehabt, wäre sie nicht in ihr Unglück gerannt.«

Der Oberförster wußte nicht, was er mit seiner Tochter anfangen sollte. Im Grunde hatte sie recht, und die beste Lösung wäre es, wenn ihr Plan ihr gelänge und sie sich Seckersdorf gewann; aber daß sie ihn in die Intrige verwickelte, ihn gewissermaßen zum Mitschuldigen gegen Gertrud machte, obgleich diese ihm ja genug Kopfschmerzen verursachte, das empörte ihn, und die Bewunderung für das kaltblütige, zielbewußte Vorgehen Maggies hinderte nicht, daß er sie für ein herzloses, unleidliches Geschöpf ansah. Also mochte sie ihre eigenen Wege gehen, ihn aber aus dem Spiele lassen.

»Kein Wort will ich weiter hören – kein Wort!« schalt er. »Und heute kommst du zum letzten Male mit und triffst auf diese Art den Seckersdorf überhaupt nicht mehr. Ich bin ein ehrlicher Mann, freue mich, wenn ich meine Töchter gut versorgt weiß; aber so mit List einen Menschen einfangen, der für die eigene Schwester schwärmt, pfui! Und die Gertrud – eine verheiratete Frau! Das kommt eben davon, daß ihr ohne Mutter aufgewachsen seid.«

Maggie ließ ihn weiter reden und dachte sich

ihren Teil. Sie wußte, wenn er sich die erste notwendige Empörung vom Herzen gesprochen hätte, würde er sich die Sache überlegen und schließlich sehr froh sein, wenn zunächst die Kurowskische Eheangelegenheit eingerenkt wäre.

Seckersdorf fanden sie mit einem kleinen Jagdwagen am Treffpunkt vor. Sein ehrliches Gesicht strahlte, als er Maggie sah. Sie aber hatte eine widrige Empfindung, fast wie Abneigung, als sie ihm die Hand gab und dabei dachte: »Diese Freude gilt der Erwartung, von Gertrud zu hören.«

Es schien nun wirklich, als ob ihr Vater sie an einer Aussprache mit Seckersdorf hindern wollte Er bemächtigte sich seiner ausschließlich, gab ihm Anweisungen, als sollte jener selbst die Aufsicht übernehmen, und was das Schlimmste war, Seckersdorf hörte mit vollster Aufmerksamkeit zu, fragte, ließ sich belehren und sprach selbst so anhaltend zu den Leuten, daß sie schließlich eine ungeduldige Bemerkung über seinen Eifer machte.

Er wandte sich um. »Entschuldigen Sie mich,« bat er. »Ich bin Landmann mit Leib und Seele und kann in Sachsen verwerten, was ich hier lerne. Wir haben auf Isenburg ganz ähnliche Forstverhältnisse.«

»Sie gehen wieder zurück?« fragte sie, froh, ein Gespräch anknüpfen zu können.

»Wahrscheinlich.«

Der Oberförster rief ihn, ehe er etwas hinzufügen konnte, von neuem an. Er hatte an einem der wenigen geschlagenen Stämme ein fremdes Forstzeichen bemerkt und fragte nach dessen Bedeutung.

Seckersdorf wußte sie nicht. Der Oberförster sprach Vermutungen darüber aus, warnte vor Holzdieben, die in der Gegend ein freches Wesen trieben; und darüber ereiferten sich beide Männer so, daß Maggie niedergeschlagen hinter ihnen herging und ihren heutigen Versuch als verfehlt zu betrachten begann.

Dabei steigerte sich aber der Wunsch, sich zur Geltung zu bringen, zugleich mit dem Abneigungsgefühl gegen Seckersdorf, der ihr diese Absicht so erschwerte. Und als ihr Vater ihr einmal, aus dem Gespräch heraus, an dem sie nicht teilnehmen konnte, einen listig triumphierenden Blick zuwarf, kochte eine jähe Wut gegen ihn, Seckersdorf und Gertrud in ihr auf. Aber dann wurde sie wieder ganz kalt. »Nun gerade!« sagte sie sich, und wartete zornig und geduldig zugleich.

Und ihre Stunde kam.

Das Wetter änderte sich plötzlich. Der Wind schien die schweren Wolken, die massig und unbeweglich über dem Wald gestanden hatten, mit einemal niederzudrücken. Sie fielen als dichter, fast tropfender Nebel nieder, der sich jeden Augenblick mehr zusammenzog und in kürzester Zeit ein tüchtiger Landregen werden mußte.

Der Oberförster, der sich auf seine Wetterkunde viel einbildete, war außer sich. Zwei Tage noch hätte sich das Wetter halten müssen, und nun äffte es ihn auf solche Weise. »Wenn ich allein wäre, wollte ich übrigens nicht viel davon reden,« sagte er schließlich. »Aber das kommt davon, wenn man ein schwacher Vater ist.«

Maggie lachte. »Mir macht doch das bißchen Regen nichts, und mein Lodenkleid ist auch daran gewöhnt.«

»Aber meine Herrschaften, mein Wagen ist ja da ... Ich fahre Sie natürlich nach Hause!« sagte Seckersdorf, halb verlegen, halb froh.

Er wechselte mit Maggie einen Blick.

Sie sah ihn erstaunt und vorwurfsvoll an; denn es war wider ihre Abrede, daß er in das Haus des Vaters kam. Er schien ihr jedoch zu antworten: »Aber das ist ja force majeure, siehst du das denn nicht ein?«

Der Oberförster verstand beide. »Nein, lieber Freund, das nehm' ich nicht an,« sagte er. »Fünf Meilen in einer Tour ist zu viel für Ihre Gäule!«

Seckersdorf stutzte. In einer Fahrt? Das war ja eine offenbare Ablehnung seines Aufenthaltes im Hause, jedes Verkehrs mit ihm. Er verbeugte sich also und machte ein höflich leeres Gesicht, aus dem doch die mühsam bezwungene Enttäuschung hervorguckte.

Der große Junge! dachte Maggie ärgerlich.

»Ich will Ihnen aber einen anderen Vorschlag machen, Nachbar,« fuhr der Alte fort, durch das sekundenlange Schweigen in seinem Vorsatz bestärkt. »Zu Ihnen haben wir knappe zehn Kilometer. Nehmen Sie mich und mein Mädel einfach mit nach Romitten, geben uns einen Teller Suppe, und schicken uns mit den Kutschierpferden oder den Schimmeln nach Hause. Einverstanden?«

»Mit tausend Freuden,« rief Seckersdorf erleichtert aufatmend. »Wenn Sie, und vor allem das gnädige Fräulein, in meinem Junggesellenhaushalt vorliebnehmen?«

Auch Maggie empfand diese Lösung als eine glückliche und freute sich auf das Abenteuer; denn etwas Ähnliches wäre es doch. Während sie einstiegen, sagte sie ihm halblaut: »Papa hatte recht, Sie durften nicht mit!« Dann nahm sie mit dem Vater auf dem Vordersitz Platz, während er vom Kutschersitz her die Zügel führte.

Man fuhr schweigend aus dem Wald heraus, über die langweilige, von Ebereschen eingefaßte Chaussee. Der Regen zog sich wie in Wellen über die Felder zu beiden Seiten, der Wind war still geworden, und kein lebendes Wesen zeigte sich.

Der Oberförster hatte sich frierend in seinen grauen Regenrock gewickelt. Maggie saß gerade und steif auf ihrem Platz, auch schweigend. Nur einmal erkundigte sie sich nach den Grenzen von Romitten, und als sie erreicht waren, kam eine Art Polykratesgefühl über sie. »Das alles ist mir untertänig.« Und besonders amüsierte sie, daß der, dem in Wirklichkeit Feld und Flur einmal gehören sollten, gar nicht ahnte, daß sie in Gedanken mit ihm teilte, daß sie mit dem festen Willen in sein künftiges Besitztum einfuhr: »Hier werde ich in kurzem wohnen, wenn ich es nicht vorziehe, die 'Welt' zu sehen.«

Wie ein Rausch kam es über sie. Ein wilder, energischer Siegerwille brauste durch ihre Gedanken und gab ihrer Erscheinung einen starken, neuen Reiz.

Als sie vom Wagen sprang, ehe noch Seckersdorf ihr helfen konnte, großen, forschenden Blickes das graue Haus musterte, mit einem Lachen, aus dem ein verhaltenes Jauchzen klang, die Kappe ihrer Jacke vom Kopfe schob und von der Schwelle der Tür, die man bei dem hastigen und lautlosen Vorfahren noch nicht geöffnet hatte, den beiden Herren ein übermütiges »Willkommen!« zurief, da fuhr Seckersdorf zurück vor der prachtvollen, kraftatmenden Erscheinung des Mädchens, das ihm mit der ganzen ursprünglichen Frische der Jugend und Hoffnung entgegenlachte.

Dann verlief alles regelrecht und programmäßig. Diener und Hausmädchen versorgten sie tadellos. Maggie wurde aus der großen Treppenhalle, in der eine Bank aus altertümlichem Holzrat mit einem riesigen Bärenfell davor, alte verrostete Kürasse und Waffen und eine Menge vertrockneter Erntekronen ihr ins Auge fielen, in ein altväterisch behagliches, molliges Zimmerchen geführt, in dem alles darauf hindeutete, daß es zum ausschließlichen Gebrauch für Damen bestimmt war.

»Es ist noch von früher her so,« bemerkte das junge adrette Dienstmädchen, »und der gnädige Herr hat es wieder in Ordnung schaffen lassen, damit, wenn Damen kommen, die ihren Platz haben.«

Maggie nickte. Sie hätte für ihr Leben gern gefragt, welche Damen den Junggesellen Seckersdorf besuchten, aber das widersprach ihren Lebensgewohnheiten doch so sehr, daß sie schwieg und mit dem Mädchen nun in der herablassend freundlichen, sicheren Weise verkehrte, die den Leuten so sehr an ihr imponierte.

Frisch frisiert und zurechtgemacht, ging sie unter der Führung des Mädchens in das Eßzimmer. Von der Halle aus gelangte man unmittelbar hinein. Es füllte einen ganzen Anbau, hatte hohe Holztäfelung und ehrwürdigen, unbequemen, aber vornehmen Hausrat; man sah ihm an, daß er von Generationen benutzt worden war. Fremdartiges, uraltes Tafelgeschirr bedeckte auch den kleinen, am Mittelfenster hergerichteten Eßtisch; es stand auf gelblich weißem, feinsten Damast, dessen tiefe Bruchfalten zeigten, daß es lange im Wäscheschrank geruht hatte. Die altertümlichen Gläser mit dicken Füßen trugen eine Krone und zwei verschnörkelte Buchstaben.

Maggie sah das alles mit fast gierigen Blicken. Romitten war ein ehemaliges Majorat, das schon vor dem Aussterben der letzten schwachsinnigen Erben von dem jetzigen Besitzer, dem Onkel Seckersdorfs verwaltet, dann von ihm übernommen war und zu einem neuen Erbgut für seinen jüngsten Sohn eingerichtet werden sollte.

So erzählte Seckersdorf, nachdem er zu Maggie getreten war. Der Oberförster fehlte noch; er wechselte auf seine Zureden die Kleider. Seckersdorf unterbrach sich, da man das Diner anzurichten begann, und trat mit Maggie in eine Fensternische, anscheinend um ihr draußen auf dem großen, gelben Rasenrondel etwas zu zeigen.

»Wie steht's?« fragte er hastig. »Was habe ich zu

erwarten? Schnell ... ich bitte Sie ...«

Maggie sah zu Boden. Jetzt war der Augenblick da, in dem sie Gertruds Schicksal und ihr eigenes in ihrer Hand hielt. Bangigkeit und ein prickelndes Wohlgefühl zugleich durchschauerten sie, aber schwanken tat sie nicht.

Sie sah Seckersdorf mit einem bedauernden Blick an, der sich zu einem Ausdruck innigen Mitleids vertiefte.

»Ich weiß nicht recht,« sagte sie suchend, »Herr von Seckersdorf, ich müßte da viel sagen. Im Grunde glaube ich ja doch, daß Gertrud an Sie denkt. Ich glaube es nur! Aber ich habe schließlich nicht so viel Verständnis für das Verantwortlichkeitsgefühl einer Mutter.«

»Was heißt das, Fräulein Maggie?« fragte Seckersdorf bestürzt. »Haben Sie Ihrer Schwester gesagt, was ich in Vokellen ...«

Maggie nickte. »Wörtlich, Herr von Seckersdorf.«

»Und?«

»Sie war einen Augenblick froh und sagte: 'Das wußte ich ja!' Und dann ist sie still geworden und hat diese übertriebene – ich meine, sie hat ihre Kinder von da ab mit ganz ausschließlicher Zärtlichkeit behandelt. Und als ich – ich dachte doch, man müßte ihr ein bißchen helfen – sie ist so ängstlich und im besten Sinne des Wortes förmlich, und ich wollte Ihnen auch gern Nachricht geben ...«

»Kurz und gut?« sagte Seckersdorf erregt.

»Ja, sie ist sehr böse auf mich geworden und hat mir verboten, je mit Ihnen über sie zu sprechen.«

»Ihnen verboten?« wiederholte Seckersdorf ratlos. »Ernsthaft verboten? Aber Sie selbst sagten mir doch ...«

Er sah Maggie beinahe so hilflos an, wie Gertrud es oft tat. In diesem Augenblicke empfand sie für ihn etwas von der Zärtlichkeit, die sie der Schwester entzogen hatte.

Ihr wortloses Mitgefühl tat ihm wohl. Er nahm ihre herabhängende Hand und hielt sie fest.

»Sie sind gut, Fräulein Maggie!« sagte er leise. »Aber, bitte, sagen Sie mir, was heißt das? Sagen Sie es offen. Das ist doch sonderbar. Gertrud hat ja mit mir kein Wort darüber gesprochen, Sie meinten jedoch ... Und ich sah es ihr ja auch an ...«

»Denken Sie um Gottes willen nicht schlimmer von der armen Gertrud,« bat Maggie weich. »Sehen Sie, sieben Jahre verheiratet und meiner Meinung nach unglücklich –«

»Natürlich!« sagte Seckersdorf mit Überzeugung. »Alle Welt weiß, wie schamlos Ihr Schwager ... Verzeihung ...«

Maggie machte eine abwehrende Bewegung.

»Ja wohl! Aber doch bin ich nicht sicher, ob Kurowski nicht trotzdem eine große Zuneigung für Gertrud hat. Die Kinder liebt er sicherlich. Es werden jetzt auch Briefe zwischen ihnen gewechselt, obgleich Gertrud Papa und mir gesagt hatte ... Nein, ich will nicht weiter sprechen. Es klingt beinahe so, als ob ich Gertrud anklage, daß sie, wie sie sagt, eine anständige Frau bleiben will.«

Da richtete Seckersdorf sich auf, und sein Gesicht überschattete sich mit einem hochmütigen Zuge des Befremdens.

»Hat sie das gesagt?« fragte er kurz. »Hab' ich sie etwa ... Aber das kann ja nicht sein. Fräulein Maggie, erinnern Sie sich unseres ersten Zusammentreffens?«

Sie nickte eifrig. »Schelten Sie mich, ich war voreilig in meiner –« das Wort ging doch nicht ganz glatt über ihre Lippen – »meiner Liebe zu Gertrud. Ich sag' Ihnen ja auch, innerlich hat sich sicher bei ihr nichts geändert. Aber vergessen Sie nicht, sie war nie sehr mutig, und jetzt ist sie acht Jahre älter und elend und Mutter und –«

Ein zärtlich mitleidiges Lächeln löste seine Lippen, die er vorhin fest aufeinandergepreßt hatte.

»Und Sklavin eines rohen Mannes gewesen,« fuhr Maggie fort, und warf einen hastigen Blick auf Seckersdorf, der ein nervöses Zucken bei ihren Worten nicht bemeistern konnte.

Nun nickte er ein paarmal sorgenvoll mit dem Kopf.

»Es mag ja Wahnsinn sein, nach acht Jahren anknüpfen zu wollen, eine zerrissene Sache,« sagte er fast schüchtern. »Es ist wahr, Fräulein Maggie, aber ... aber ich hab' sie jetzt fast noch lieber als damals. Ich möchte sie wieder schön und froh haben, und ich dachte, wie Sie damals so sprachen, das sollte mir auch wieder gelingen. Wenn sie frei sein würde ... Doch Gott soll mich bewahren, sie zu bereden oder zu verleiten, wenn sie es für Sünde hält. Recht hat sie ja auch, rein und gut wie sie ist. Nein, ich bin nicht sentimental oder überspannt. Was nicht geht, das geht nicht. Ich hatte mich ja auch schon damit abgefunden ... Bloß ...«

Er legte die große, weiße Hand übers Gesicht, als wollte er es in diesem Augenblicke nicht sehen lassen.

Maggie war mit einem Male gar nicht wohl zumute. Wie ein Stich durchfuhr sie der Gedanke: »Was tust du da?« Und gleich hinterher: »Was willst du selbst mit diesem großen Kinde, das so ganz erfüllt von der anderen ist?«

Es fehlte nicht viel und sie hätte eingelenkt. Aber da kam der Oberförster hinein, und man setzte sich zum Essen.

Seckersdorf machte liebenswürdig und ohne etwas von seiner Erregung zu verraten, den Wirt Nur seine Augen hatten einen zerstreuten, bekümmerten Blick und suchten fragend und vorwurfsvoll Maggie, wenn sie eine heitere Bemerkung machte, sich mit dem Vater herumstritt und ihn mit allen möglichen Dingen neckte.

»Ich will dich zerstreuen, dir über diese Stunde hinweghelfen,« sagten ihm dann ihre mit einem Male dunkel werdenden Blicke, und er antwortete darauf mit einem schwachen Lächeln. Sie wiederum fühlte, daß ihr Mitleid ihm gut tat, und spielte ihre Rolle mit Befriedigung weiter.

Das Essen war mäßig, die Weine gut. Man hielt sich also ans Trinken, die Herren natürlich, und dank Maggies Munterkeit - »sie ist immer so«, bemerkte der Oberförster - schien die kleine Tafelrunde bald in fröhlichster Stimmung. Auch Seckersdorf lachte viel. In einer großen Steigerung seines Wesens, die ihm selbst fremd war, wurde er fast redselig.

»Ich hab's nicht gedacht, daß ich noch so sein kann,« gestand er ehrlich. »Aber, gnädiges Fräulein verstehen es, einen vergnügt zu machen. Ich habe das schon damals bei den Waldlackern gemerkt.«

»Das findet Gertrud auch immer,« sagte sie, wie in Gedanken, und fuhr dann leicht zusammen, heimlich überlegend. »Ob er nun nicht vergleicht?«

Bei dem Namen, der ihm alles wieder in das Gedächtnis rief, machte er zwar ein trübseliges Gesicht, aber Maggie triumphierte doch.

»Ihre Frau Schwester ist nicht so heiter?« fragte er höflich.

»Gott bewahre,« sagte der Oberförster an ihrer Stelle mit mehr Betonung als nötig gewesen wäre. »Die war immer nur zum Ansehen und zum Hätscheln. Na ... ihr Mann setzt das ja fort. Denken Sie, tausend Mark Taschengeld gibt er ihr monatlich; das will was heißen für unsere, das heißt meine Verhältnisse, wo unsereins sich schindet und plagt, um die paar Tausend das ganze Jahr zu verdienen und davon Haushalt und alles übrige zu bestreiten!«

Von da aus kam die Rede auf dienstliche Verhältnisse, auf Beamtentum und Grundbesitz, und was der Wechsel des Gesprächs damit in Verbindung brachte.

Maggie sah dabei nicht mit dem üblichen interessierten Blick höflicher Damen von einem zum andern, hier und da eine zustimmende Bewegung machend, sondern sie redete eifrig mit. Sie grübelte nie viel, aber ihre unbefangene Beobachtungsgabe, ihre sichere Art, passende Worte für ihre Gedanken zu finden, ließen sie viel weltkluger scheinen, als sie war, und da sie zuweilen einen echt weiblichen, sachlichen Schnitzer mit unterlaufen ließ, kam sie bei den Männern trotzdem nie in den Verdacht einer verpönten Gelehrsamkeit.

Seckersdorf sah sie zuletzt voll verehrender Bewunderung an.

»Was bist du für ein Mädel?« übersetzte Maggie sich seine Blicke. »Gut, klug und temperamentvoll.«

Man verplauderte sich beim Kaffee. Es wurde schon dämmrig, als der Oberförster an den Aufbruch dachte.

»Schade,« meinte Maggie. »Ich hätte so gern das interessante alte Haus gesehen. Da gibt's sicherlich Schätze über Schätze.«

»Viel altes Gerümpel,« sagte Seckersdorf. »Aber falls Sie sich dafür interessieren, würde es mir eine große Ehre sein, wenn mir vielleicht ein andermal ...«

Maggie wollte freudig darauf eingehen, aber nach kurzem Zögern schüttelte sie doch den Kopf.

»Vielleicht, wenn meine Schwester wieder in

Laukischken ist,« erwiderte sie, den Vater fragend ansehend. »Wir lassen sie nicht gerne viel allein, und sie will ohne ihren Mann nirgends hingehen.« Beide Männer wurden ernst, und der Abschied gestaltete sich kühler, als er nach den behaglichen Stunden wohl hätte sein müssen.

Die Herren besprachen vor dem Abfahren noch flüchtig einiges Geschäftliche, Maggie machte es sich in dem Familienhalbwagen bequem, und dann ging's fort.

»Empfehlen Sie mich angelegentlich Frau von Kurowski,« sagte Seckersdorf zum Schluß sehr steif.

Gertrud hatte den Vormittag verträumt. Es waren kaum bewußte Grübeleien, denen sie sich hingab: Vergangenheit und Zukunft zogen in hastigen, unklaren Bildern an ihr vorüber.

Tränen stiegen ihr in die Augen und versiegten wieder schnell, sobald sie auf die Jungen sah, die vor dem Fenster trotz des fein sprühenden Regens herumspielten.

Ihr war eigentümlich zumute. Sie wußte ganz genau, daß sie Seckersdorf liebte, wie sie ihren Mann verabscheute, daß sie Maggie fürchtete, ja beinahe verachtete; aber hinter all diesen starken und bewußten Gedanken regte sich mit vorahnendem Kältegefühl einer, der an Pflicht und Verantwortlichkeit, an Sichselbstverlieren, an Ausharrenmüssen mahnte, und alte Bibelsprüche, ehemals gedankenlos gelernt und hergesagt, bekräftigten ihn jetzt. Doch der Sieg blieb ihm nicht. In die Selbstvorwürfe und Vorschriften rief Hans Seckersdorfs nie vergessene Stimme hinein: »Gertrud, komme zu mir!«, und dann schloß sie die Augen und träumte sich trotz allem mit süßem Schauer an seine Brust und klagte ihm alles und sagte: »Denk' du für mich und sorge, daß ich das Rechte tue. Hilf mir, hilf mir, du Einziger, Liebster!«

Aus diesem Empfinden rüttelte sie sich wieder auf und sagte sich voller Gram, daß sie, auch wenn das heiß Ersehnte sich ihr erfüllen sollte, nicht mehr imstande sein würde, zu vergessen und neu zu erleben. Wie Herbstschauer überflog es sie. Und dann durchbrach von neuem alles eine unvernünftige Sehnsucht, jetzt in diesem Augenblick mit ihm durch den Wald zu gehen, an ihn geschmiegt und von ihm geschützt vor dem grauen Regenwetter. Oder auch nur neben ihm, wie Maggie es sicherlich jetzt tat.

Was sie wohl sprächen? Wie Maggie es anfinge, sie zu verdrängen? Eine trostlose Eifersucht machte sie elend. Abenteuerliche Entschlüsse sprangen in ihr auf, wie sie ihm schreiben, mit ihm zusammentreffen, was sie ihm sagen würde ... Sie verflatterten, kaum entstanden. Neue Ratlosigkeit fing an sie zu martern, die Stunden vergingen, es wurde Mittag und niemand kam heim. Sie aß schließlich mit Fräulein Perl und den Kindern und fing wieder ein schüchternes Gespräch über unglückliche Ehen an, über Frauen, die sich allein ihr Brot verdienten, und so allerlei, was ihr durch den Kopf ging.

Dann kam die Mittagspost. Sie brachte ihr die Antwort ihres Mannes aus Nizza. Zitternd schloß sie sich damit in ihr Zimmer ein, als ob Kurt Kurowski seinen Worten auf dem Fuße folgte, und lange konnte sie sich vor Angst nicht entschließen, den Umschlag zu öffnen. Es waren kaum zwei Seiten. Ihr Herz stand fast still, als sie sie las.

»Mein liebes Kind!

Es wird Zeit, daß ich heimkomme, um mit Dir ein deutliches Wort zu reden. Vorläufig so viel: Ich will durchaus nicht zurücknehmen, was ich Dir oft gesagt habe, nämlich daß Du mir als Frau und Gefährtin nicht genügst. An ein Auseinanderlaufen, weil Dir Deine alte Liebschaft wieder den Kopf verdreht hat, ist aber nicht zu denken. Skandal gibt's bei den Kurowskis nicht, und die Jungen werden's nicht erleben, daß ihr Vater und ihre Mutter vor die Gerichte kommen. Verstanden? Sollte es dem Seckersdorf eingefallen sein, in meiner Abwesenheit bei Dir herumzuscharwenzeln, so werde ich ihn mir kaufen. Und Du nimm Dich in acht und schreib mir nicht noch einmal so unsinniges Zeug. Herzukommen brauchst Du nun nicht, ich werde mich mit der Heimkehr beeilen und Dir den Herrn und Meister zeigen, wenn Du etwa nicht Order parieren solltest. Im übrigen keine Feindschaft und keine Gefühlsduselei.

Kurt.«

Gertrud warf sich schluchzend über ihr Bett. Sie fühlte sich wieder ganz unter der Zuchtrute der vergangenen sieben Jahre. Alle Sonnenstrahlen, die sie schüchtern in weiter Ferne aufblitzen gesehen hatte, verschwanden, und das trostlose Laukischker Elend breitete wieder seine grauen Flügel um sie.

»Was tue ich nur, was tue ich nur?« fragte sie sich immerzu. »Wer hilft mir? Wo soll ich hin? ...

Hans! Hans!«

In ihrer Not und Verlassenheit konnte Gertrud gar keinen Gedanken fassen; und zum ersten Male packte sie eine entsetzliche Angst, daß Hans Seckersdorf vielleicht doch nicht kommen würde, ohne daß sie ihn rief. Und da rang sie sich zuletzt den Entschluß ab, ihm ein Wort zu schreiben.

Wie eine Verworfene kam sie sich dabei vor. Aber sie wußte sich keinen anderen Rat, und sie fürchtete sich vor ihrem Mann noch mehr, als vor dieser Zudringlichkeit gegen Seckersdorf.

»Er hat mich ja lieb, und er kommt gewiß gleich,« dachte sie. Und sie schrieb unter strömenden Tränen in ihrer hübschen, korrekten Schulmäd chenhandschrift:

»Lieber Freund, ich bin in großer Herzensangst. Und da Maggie mir gesagt hat, daß Sie mir noch die alte Freundschaft bewahrt haben, bitte ich Sie, mir zu helfen. Denken Sie nicht schlecht von mir, ich bin so verlassen, und Sie sind der einzige, an den ich mich wenden kann. Mit vielen Grüßen Ihre Gertrud Kurowski.«

Diese Zeilen legte sie in einen Umschlag und schrieb die Adresse darauf. Ein Eilbote sollte es nach Romitten besorgen. Und dann wäre alles gut, er würde kommen und ihr sagen, was sie tun müßte.

Sie ruhte aus in dem Gedanken, – aber ihre Kinder anzusehen wagte sie nicht mehr.

Mit einer kleinen Handarbeit, an der sie flüchtig herumstichelte, setzte sie sich an das Fenster der

Wohnstube, von dem aus sie den Weg übersehen konnte. Erst wenn der Vater und Maggie zurück waren, sollte ihr Bote, der älteste Junge des Kutschers, nach Romitten gehen. Ihr war eingefallen, daß der Vater und Maggie ihn auf ihrem Heimweg durch den Wald treffen und anhalten möchten. Sie sagte dem Stubenmädchen also Bescheid, ließ sich auch den Jungen kommen, um ihm ihre Weisungen einzuschärfen. »Es handelt sich um eine Geschäftssache,« erklärte sie verlegen dem Mädchen und dem Burschen, und fand das sehr überlegt von sich. Aber zugleich dachte sie voll Widerwillen: »Solche kleinen Winkelzüge werde ich nun wohl öfters machen müssen ...«

Endlich kamen die Erwarteten zurück. Maggie sprach sehr viel, erzählte ausführlich alles Äußere ihres Zusammentreffens mit Seckersdorf, beschrieb Romitten und ihren Aufenthalt dort, gesucht heiter und sich hauptsächlich an Fräulein Perl wendend. Gertrud, doppelt erregt wie sie war, ließ doch äußerlich ruhig alles über sich ergehen. Denn der Vater beobachtete sie, während Maggie erzählte. An dieser selbst glaubte sie hier und da ein spöttisches Lächeln wahrzunehmen.

Wie qualvoll war das alles! Sie floh in Gedanken weit fort aus diesem einst so geliebten Hause. Gott sei Dank, ihr Brief war nun unterwegs, und morgen vielleicht wußte sie, wohin und was tun.

Während des Hin- und Hersprechens trat das Stubenmädchen ein und wartete, bis man sie bemerken würde.

Gertrud sah teilnahmslos an ihr vorbei; in demselben Moment nahm sie aber wahr, daß Lina mit fragendem Blick an ihr hing. Sie fuhr zusammen.

»Was gibt's?« fragte der Oberförster und sah sich um.

Das Mädchen kam näher.

»Ich wollte nur fragen, ob der Romitter Kutscher nun nicht gleich den Brief mitnehmen kann, – oder soll doch der Fritz gehen?« sagte sie halb zu Gertrud gewandt.

Die wurde totenblaß. Sie winkte dem Mädchen, hinauszugehen. Der Oberförster stand auf.

»Welchen Brief?« fragte er unwirsch.

»Von der gnädigen Frau,« sagte das Mädchen schüchtern.

Der Oberförster kniff die Augen zusammen.

»Überhaupt nicht mehr nötig. Wir kommen ja von Romitten. Bring' den Brief her!«

Eine große Stille entstand.

Gertrud sagte sich immerzu: »Ich muß protestieren, ich muß meinen Brief abschicken.« Aber ihre Lippen zitterten und brachten kein Wort vor.

Der Oberförster stand von ihr abgekehrt und wartete auf das Zurückkommen des Mädchens. Maggie sah mit gespannter Neugier in Gertruds Gesicht, und Fräulein Perl begriff überhaupt nichts. »Hast du denn nach Romitten geschrieben, Herzchen?« fragte sie ahnungslos.

Gertrud schwieg.

Lina trat mit dem Brief in der Hand ein. Der Oberförster nahm ihn ihr ab und winkte ihr hinaus.

Er sah den schmalen gelblichen Umschlag lange an, dann zerriß er den Brief, ohne ihn zu öffnen, und warf ihn in den Papierkorb.

»Pfui!« sagte er, sich vor Gertrud aufpflanzend. »So etwas tut meine Tochter! Was wolltest du von ihm? Heraus damit! Was soll er? Was willst du von ihm ... Schämst du dich nicht?«

Ja, Gertrud schämte sich, als hätte sie ein unsühnbares Verbrechen begangen. Sie wußte vor Entsetzen gar nicht mehr, wo sie war. Sie fühlte sich ganz zerbrochen und dachte nur. »Fort, fort! Oder lieber noch sterben!«

Sagen konnte sie nichts.

Der Oberförster wurde dunkelrot.

»Wirst du reden?« schrie er.

Da trat Maggie zur Schwester.

»Quäle sie doch nicht unnütz, Papa,« sagte sie. »Schließlich kann sie doch tun und lassen, was sie will.«

»Nicht in meinem Hause,« rief der Oberförster erregt, »nicht in meinem Hause. Soll ich mich auf meine alten Tage durch euch verflixte Frauenzimmer um meine Reputation bringen lassen? ... Die eine läuft hinter dem Menschen her, daß es ein Skandal ist, die andere schreibt ihm Liebesbriefchen. Und ich, der Vater, sehe gefällig zu und halt's Maul zu dem ganzen Treiben, nicht wahr?«

»Es ist kein Liebesbrief, Papa,« sagte Gertrud heiser. »Du erlaubst wohl, daß ich mich entferne. Ich werde ... überhaupt bald fortgehn ...«

Sie taumelte hinaus.

Der Oberförster lief erregt im Zimmer umher. »Wenn bloß der Kurowski wieder da wäre.«

Maggie war tief erregt. So ganz leicht schien es doch nicht, zu einem Ziel zu gelangen, dem sich Hindernisse solcher Art entgegenstellten.

Sie lief in ihr Zimmer hinauf und weinte. Über Gertrud, über sich, über das ganze Leben.

Zum ersten Male seit der Vokeller Gesellschaft vermißte sie Gertrud. Sie hätte zu ihr hineinstürzen mögen und sich ausschreien. Vielleicht auch lachen über die ganze verfahrene Geschichte und einfach sagen: »Trude, sei gut ... du sollst ihn wieder haben.«

Und doch, nein – das würde sie nicht. Was fiel ihr denn überhaupt ein? Wollte sie nun auch anfangen sentimental zu werden?

Gute und böse Gedanken überstürzten sich in ihr und versetzten sie in einen Zustand fiebernder Unruhe. Einmal war es, als ob die ganze Berechnung, auf die sie ihr künftiges Leben gründen wollte, eine falsche sei, als ob sie verlieren würde, auch wenn sie's erreichte, Frau von Seckersdorf zu werden. Und eine fremdartige Angst packte sie. Aber dann verspottete sie sich selbst und verhärtete sich in ihren Grübeleien über Energie und die Berechtigung, ohne moralische oder sonstige Bedenken ihr Schicksal selbst zu schmieden. Zuletzt, wenn sie sich die ganze Situation überlegte, war diese Ungeschicklichkeit Gertruds ein rechter Segen für sie. Gertrud hatte einmal geschrieben, sie würde es vielleicht auch wieder tun, sie war also nicht ein wehrloses Opfer. Sie führte ihre Sache und kämpfte, wie sie, Maggie, selbst. Und der Schwester Position war die günstigere. Es hieß also sich zusammennehmen, anstatt zu träumen. Und nun, einmal in der Wirklichkeit, dachte sie an ihren natürlichen Bundesgenossen, ihren Schwager.

Ohne den Inhalt seiner letzten Briefe an Gertrud zu kennen, war sie doch überzeugt, daß er sich schon aus äußerlichen Gründen zu einer Scheidung nicht entschließen würde. Sie selbst erwog diese auch noch einmal und redete sich die Ansicht ein, daß es zweckmäßiger und vernünftiger wäre, wenn die Ehe nicht getrennt würde. Sie hatte sich nur durch Gertruds klägliche Flucht und Heimkehr zu einer falschen Auffassung verleiten lassen ... Man hätte Gertrud ernsthaft zureden sollen, energischer gegen ihren Tyrannen aufzutreten, nötigenfalls ihr dabei helfen müssen, anstatt –

Mitten in diesem Gedankengang sprang sie ärgerlich aus dem Winkel auf, in dem sie sich zusammengekauert hatte.

Wozu in aller Welt spielte sie sich selbst diese Komödie vor? Etwas tun mußte sie. Schreiben wollte sie an Kurowski. Er sollte nach Hause kommen. Gertrud wäre im Begriff ihnen fortzulaufen, und dann wäre der Skandal fertig.

Heiß von allem Denken setzte sie sich an den Schreibtisch, als man sie abrief. Nachbarbesuch war gekommen, die Auklapper Normanns, ein lustiges altes Ehepaar, dem man besonders nahestand. Maggie atmete erleichtert auf. Der Brief, der unangenehm und schwer abzufassen war, mußte also noch aufgeschoben werden.

Sie wusch sich rasch und lief hinunter, die Gäste zu begrüßen.

Wie Menschen aus einer andern Welt erschienen sie ihr heute. Und doch saßen sie behaglich und herzlich wie sonst in den gewohnten Ecken, tranken Grog wie sonst um diese Zeit, schwatzten gemütlich und neckten Maggie wie sonst.

Der alte Herr, dick geworden, mit ein paar sorgfältig hinaufgekämmten, schwarzen Haarsträhnen, ein freundlich ironisches Lächeln um den breiten Mund, war ehemals der Schwerenöter des Kreises gewesen. Seine Frau, lieb und sanft, hatte viel leiden und sich viel grämen müssen. Heute nannten sie sich »Papa« und »Mama«, sahen beide friedlich und fertig aus, und hatten gegenseitige kleine Aufmerksamkeiten für einander, um sich das Leben leicht zu machen.

Das war wohl der übliche Ausklang aller traurigen und frohen Ehemelodieen.

Maggies Gedanken flogen um zwanzig Jahre vorauf zu Gertrud und Kurowski und dann zu sich selbst und Seckersdorf. Ihr wurde ganz schlecht dabei, und sie fühlte wieder die alte, rasende Sehnsucht in sich aufsteigen, auszuschöpfen, zu genießen, solange sie noch jung und ihre Nerven noch dafür empfänglich waren.

Die Freunde fanden den Oberförster verstimmt und Maggie still. Man fing an, sie zu necken, der Name Seckersdorfs fiel, und da die Auklapper alte Freunde waren, machten sie auch eine Anspielung auf Gertrud und die Erbschaft, die Maggie da anzutreten scheine.

»Herrgott!« rief der Oberförster dazwischen. »Wo bleibt denn eigentlich die Gertrud? Vor euch braucht sie sich doch nicht zu verkriechen? Sieh mal nach, Maggie.«

Maggie ging zögernd hinaus. Lina behauptete, die gnädige Frau zu derselben Zeit wie das Fräulein benachrichtigt zu haben.

Maggie ging also hinauf.

Als Gertrud auf ihr Klopfen nicht antwortete, machte sie die Tür leise auf.

Die rotverschleierte Lampe brannte auf dem Tisch, auf dem Gertruds Schreibsachen lagen. Sie selbst saß am Fenster.

Maggie trat zu ihr. Sie war zum Ausgehen angekleidet, hatte sich aber in eine weiße Decke gewickelt und sah zum Fenster hinaus.

Der Mond schien gelb durch die graugrünen Wolken, die in Streifen und Fetzen über den Himmel zogen. Gertrud sah in dem unheimlichen Licht fahl und starr aus. Sie wandte sich gar nicht um.

Maggies Herz zog sich zusammen.

»Was willst du tun? Wo willst du hin?« fragte sie zitternd.

»Fort,« sagte Gertrud, ohne sie anzusehen.

»Wohin?«

Gertrud zuckte die Achseln. »Du, ich wollte weg,« sagte sie, »aber mich friert so.«

»Es ist, als ob sie den Verstand verloren hätte,« dachte Maggie entsetzt.

»Komm doch vom Fenster fort,« sagte sie beherrscht. »Es zieht so.«

Gertrud stand auf. »Ja,« sagte sie, »das ist wahr.«

Maggie befreite sie von der Decke, zog ihr den Mantel aus und nahm ihr den Hut ab. Sie ließ es sich gefallen.

Maggie hätte sie gern in die Arme genommen, aber sie wagte es nicht und fürchtete sich auch. Sie ging nach der Glocke.

»Was willst du?« fragte Gertrud lebhafter, in Angst.

»Aber, Kind, heut' ist es schon zu spät, heut' kannst du nicht mehr fort. Du hast auch Fieber, ja, du hast Fieber, und ich will nach der Jungfer ...«

Gertrud hielt sie fest.

»Ich habe einen Wagen gehört,« sagte sie bang. »Ist mein Mann etwa da?«

»Nein, nein, – wie sollte er?« sagte Maggie bebend. »Wie kommst du darauf?«

»Mir fiel ein, er könnte mit seinem Brief zugleich abgefahren sein –«, sie schob ihr den Brief zu, der auf dem Tisch lag.

Maggie nahm ihn an sich.

»Die Auklapper waren es,« sagte sie. »Sie wollen dich gern sehen. Aber du wirst nicht können, nicht? Du mußt zu Bett, ja?«

Gertrud antwortete nicht und starrte schweigend in die Lampe. Maggie klingelte.

»Die gnädige Frau ist nicht wohl, helfen Sie ihr,« bedeutete sie die eintretende Jungfer.

»Das geht wieder vorbei,« flüsterte die ihr zu. »Das war ebenso, als die gnädige Frau mit den Junkern fortging.«

Maggie war beruhigt. Gott sei Dank, das also wenigstens war nicht ihre Schuld. Aber ihre ganze Selbstherrlichkeit schrumpfte doch zusammen bei dem Anblick des gebrochenen Weibes, dem die letzte Hoffnung genommen war.

Ehe sie die Gäste von dem Unwohlsein Gertruds unterrichtete, überflog sie den Brief Kurowskis.

Auf den hin also hatte die arme Gertrud sich entschlossen, an Seckersdorf zu schreiben. Lieber Gott, es war doch ein Elend!

Aber schließlich ... fielen die Karten nicht von selbst? Sie brauchte gar nicht mehr hinterlistig zu handeln, es machte sich alles von allein. Sie hat es ja gewußt, daß Kurowski sich auf nichts einlassen würde. Gertrud hatte eben verspielt.

Sie sprach nach dem Aufbruch der Auklapper nur flüchtig mit dem Vater.

»Man wird doch an Kurt drahten müssen,« meinte der. »Weiß Gott, ob sie uns nicht ernstlich krank wird, und dann wird er uns hinterher Vorwürfe machen. Besorge du das.«

Maggie nahm die Feder in die Hand, aber dann schüttelte sie den Kopf.

»Nein, setze du das Telegramm auf,« sagte sie zögernd. »Ich schreibe unterdessen nach Friedland an den Doktor.«

Der Oberförster überlegte, die Brauen schief ziehend, eine Weile, dann faßte er das Telegramm ab, in dem er seinen Schwiegersohn wegen plötzlicher Erkrankung Gertruds heimrief.

Gertrud wurde aber gar nicht krank. Sie stand am nächsten Morgen auf und setzte sich ans Fenster, wie gestern. In ihr war eine große, stumpfe Ruhe. Lähmend hatte es sich auf ihr Denken gelegt. Das bißchen Lebensenergie, das vor kurzem in ihr erwacht war, überspann sich mit einer ihr bisher unbekannten Gefühllosigkeit, und um sie herum wogte es in gleichmäßigem, brandungsartigen Rauschen, als wollte es sie einwiegen.

»Ich habe zuviel aushalten müssen,« dachte sie ab und zu, »und dies ist wohl der Rückschlag.«

Nur den Weg, von dem gestern das Romitter Fuhrwerk gekommen war, behielt sie unbewußt immer im Auge. Wenn ein Wagen aus dieser Richtung vorbeifuhr, richtete sie sich auf und sah ihm nach, um sich dann wieder seufzend in ihren Lehnstuhl zurückzukauern und weiterzudämmern.

So verging der Vormittag. Der Arzt kam. Sie antwortete auf alle seine Fragen ganz vernünftig, erklärte sehr müde zu sein und niemand sehen zu wollen.

Doktor Hahn, der sie von klein auf kannte und liebhatte, sprach von starker Blutarmut und schwerer Nervenüberreizung und erkundigte sich nach etwaigen Gemütsbewegungen.

Der Oberförster, der innerlich seiner Gewohnheit nach jede Verantwortlichkeit von sich abwies, schimpfte auf Kurowski und verschonte auch Maggie mit Vorwürfen nicht. Der Arzt schüttelte den Kopf, gab Schlafmittel, empfahl äußerste Ruhe und versprach wiederzukommen.

Maggie ging blaß und finster herum. Sie dachte, wenn man Seckersdorf benachrichtigte und zu Gertrud führte, würde diese sicherlich gesund sein. Statt seiner kam jetzt Kurt. Was würde nun geschehen?

Gertrud würde einfach zugrunde gehen. Durch ihre, der Schwester Schuld. War sie stark genug, das zu tragen? Ihre Gedanken irrten zu den Herrschern, die über Leben und Tod von Verurteilten zu entscheiden haben, und sie schauerte zusammen. Sie hatte Momente, in denen sie sich ebenso gebrochen fühlte, wie Gertrud da oben. Sie litt unter dem Zuviel an Energie, wie jene an dem Mangel, und keine von ihnen fand irgendwo einen Halt; auch die fromme Gertrud nicht, die nach Kindergewohnheit doch noch morgens und abends betete.

In einem Augenblick besonders starker Gewissensangst, in dem sie ihre ganze Heiratsidee verwünschte, setzte sie sich an den Schreibtisch und schrieb ein paar Zeilen nach Romitten, in denen sie den »Freund« bat, Gertruds wegen herüberzukommen. Dann nahm sie das Kursbuch in die Hand und rechnete aus, wann Kurt eintreffen könne. Darüber versäumte sie, den Brief abzuschicken. Aber dennoch war ihr, als könnte sie nun Gertrud leichter in die Augen sehen, und sie ging hinein.

Gertrud saß wie vorhin da, mit großen, stillen Augen auf den Fahrweg blickend.

Sie war überirdisch schön, ganz ohne verhärmten oder verängstigten Ausdruck in dem reinen Gesicht.

»Wie eine Tote,« dachte Maggie und trat zitternd näher.

»Trude!«

»Was willst du?«

Maggie kauerte sich auf die weißen Felle an Gertruds Stuhl.

»Trude, ich hab' an Seckersdorf geschrieben. Soll er kommen?«

Gertrud hob den Kopf, der dadurch in einen Sonnenstreifen geriet und selbst zu leuchten schien.

»Warum?« fragte sie. »Um ihm Gelegenheit zu einer neuen Zusammenkunft mit dir zu geben? Geh, Maggie. Ich will euch alle nicht sehen.«

Maggie sprang trotzig auf und ging weg. Also

Seckersdorf brauchte nicht herzukommen. Ihr konnte es recht sein. Sie hatte in einer Anwandlung von Sentimentalität mehr tun wollen, als klug war. Denn abgesehen von sich selbst, wie hätte man wohl Kurowski gegenübertreten sollen?

Und mit Kurowski war nicht umzuspringen wie mit dem Vater oder gar dem gutmütigen Seckersdorf.

Aus Kurts Brief an Gertrud, den sie noch bei sich trug, sprach wahrhaftig der »Herr und Meister«, den er ihr zeigen wollte. Eigentlich war ein solcher Mann doch viel interessanter als einer, der in der großen schönen Welt umherzieht und in allem Genießen durch die Erinnerung an ein »weißblondes Köpfchen« gestört wird!

Bitterkeit, Unzufriedenheit und Bangen um Gertrud erfüllten sie ganz. Dazu war auch das ganze Hauswesen verstört. Die Kinder spielten in dem entfernten Eckzimmer, der Vater hatte sich in Tabaksrauchwolken versteckt, und mit Fräulein Perl war gar nicht zu reden. Die weinte um Gertrud, ihren Liebling, den sie nicht eine Viertelstunde ungestört ließ; und wenn sie wieder hinausgeschickt worden war, verkündete sie im ganzen Hause, es würde sicherlich bei Gertrud ein Typhus ausbrechen. Welch ein Unterschied gegen gestern! Und was war denn eigentlich viel geschehen seitdem?

Nachmittags kam eine Depesche von Kurowski, die seine Ankunft für den übernächsten Mittag anmeldete und sich Nachricht über Gertruds Befinden auf den Berliner Bahnhof Friedrichstraße ausbat.

»Wenn Gertrud das hört, rafft sie sich auf und läuft fort, elend wie sie ist,« meinte Maggie. »Das Beste wäre schon, wir überlassen alles Kurowski.«

Der Oberförster war sehr einverstanden damit. Und so blieb denn, da man selbst Fräulein Perl nicht traute, die Nachricht zwischen Vater und Tochter. Aber ihnen beiden war böse zumute, und merkwürdigerweise glaubte jeder sich von dem andern angeklagt und verurteilt. Wenn Maggie den Vater voll und finster ansah, las der von ihrem Gesicht eine lange Rede herunter: »Du alter Herr, Vater einer solchen Tochter, der Tochter der Frau, die dir einmal lieber war als die ganze Welt, die eine Fülle von Lebensglück und Glut über dich rauhen Mann ausströmte, – statt ihr Kind nun in der großen Not ans Herz zu nehmen und es zu schützen, treibst du es zu dem Wüstling zurück, der seine Umarmungen zwischen ihr und dem Abschaume ihres Geschlechtes teilt ... vor dem sie in Todesangst zittert ...«

Und auch Maggie wand sich förmlich unter den Anklagen, die sie selbst aus den Blicken des Vaters las und von seinem Standpunkt aus sich selbst machte, bis sie schließlich einmal von dem gewohnten Platz ihm gegenüber aufstand und sagte: »Weißt du, Papa, wir beide sollten uns nun schon lieber nicht so kriegsbereit ansehen. Wir wollen ja gewiß das Beste, aber die Verhältnisse sind eben stärker als wir.«

Dieser Gemeinplatz leuchtete dem Alten ein, und er war gerade im Begriff, beruhigt eine kleine Wanderung zu unternehmen, als sich die Tür öffnete und Gertrud eintrat. Ein Gespenst hätte die beiden nicht so erschrecken können, als die schöne, ernste Frau, die in ihrem langen weißen Schlafrock plötzlich vor ihnen stand.

»Um Gottes willen, Gertrud!« stotterte der Vater. »Wird dir das nicht schaden? Weshalb rufst du uns nicht?«

»Mir ist ganz wohl, Papa,« sagte Gertrud, aber ihre leise Stimme klang rauh. »Ich sah den Depeschenboten vorhin über den Weg kommen. Hat Kurt telegraphiert?«

»Bewahre,« log der Oberförster. »Ich soll morgen nach Brasnicken zum Essen. Ganz plötzliche Sache. Aber willst du dich nicht setzen? Maggie, sorge für das Kind.«

Maggie kam näher. Sie bewunderte den Vater und war gespannt, wie er sich herausreden würde, wenn Gertrud die Depesche sehen wollte.

Aber daran dachte die gar nicht. Mit ihren klaren Augen sah sie den Vater dankbar an und nickte beruhigt.

»Ich geh' nun wieder hinauf. Schickt mir die Kinder, ja?« sagte sie.

In diesem Augenblick fühlte Maggie ein Überfluten alles Guten in sich. Sie sprang auf Gertrud zu und streckte ihr die Hand entgegen. Es wollte aus ihr hervorsprudeln: »Glaub' uns doch nicht, wir betrügen dich ja. Aber ich will nun nicht mehr – komm – komm ...«

Ein guter Blick von Gertrud, und sie hätte das alles gesagt und die Schwester in ihren Schutz genommen. Aber Gertrud sah an ihr vorbei und nahm die gebotene Hand nicht.

Da packte sie ebenso schnell Zorn und Verachtung gegen so viel Hochmut und Einfalt, die sie doch eben noch Reinheit und Stolz genannt hatte, und sie sah Gertrud so böse an, daß diese zusammenschauerte.

»Ich geh' schon,« murmelte sie und eilte nach der Tür.

Der Vater wollte sie zurückhalten, aber sie achtete nicht darauf.

Sie hatte sich aus dem schweren Nervenanfall, der sie in die trostlose Willenlosigkeit versetzt hatte, ein wenig aufgerafft, so weit, daß sie sich sagte: »Ich muß fort von hier, ehe Kurt kommt. Und da ich nun nach dem, was ich von Hans und Maggie erfahren, weiß, daß keiner mir helfen wird, muß ich allein sorgen.«

Geld hatte sie vorläufig ja genug, an das »Später« brauchte sie noch nicht zu denken. Nur fort von hier, wo man sie verachtete, verriet und aus dem Wege wünschte.

Sie rief die Jungfer und ordnete das Packen an.

»Aber gnädige Frau können doch so elend nicht nach Hause,« warf die bescheiden ein. »Und die Mamsell muß doch da auch erst alles besorgen.«

»Laß, laß,« sagte Gertrud gepeinigt und hielt sich die Hände vor die Ohren. »Pack nur für alle Fälle!«

»Aber gnädige Frau sehen so furchtbar müde aus ... Und die Unruhe hier mit dem Packen,« meinte die Jungfer und sah mit ihren guten Hundeaugen besorgt ihre geliebte Herrin an.

»Ja, das ist wahr,« antwortete Gertrud, wie immer nachgebend. »Unruhe möcht' ich im Zimmer jetzt nicht haben. Packe dann wenigstens, was draußen ist. Ich bin wirklich sehr müde. Hilf mir!«

Und er kommt ja noch nicht, dachte sie ruhiger. Sonst ginge Papa morgen nicht fort. Und anmelden tut er sich bestimmt, wegen des Fuhrwerks ... Oder sollte er von Laukischken aus ...?

Sie kam nicht weiter in ihren Gedanken. Die Schlafpulver, die sie bekommen hatte, fingen an zu wirken, und so schlummerte sie ein und vergaß für viele Stunden ihre ganze bittere Not.

Das Wetter hatte sich plötzlich geändert. Die Wolken waren verflogen, der Himmel weit und blaß, die Sonne matt und kühl. Ein scharfer Wind schien ihre gelben Strahlen auseinanderzujagen, ehe sie unten ankamen. Der Weg war trocken, in den Wagengleisen hatte sich Eis angesetzt, und an der Windseite der Fichtenstämme am Waldrand glitzerte es und rann widerwillig sich lösend in schimmernden Tropfen herab.

In solchem Wetter, dem unerwünschtesten für Landtouren, kam Herr von Kurowski nach zweistündiger Fahrt auf den eisglatten Wegen in der Oberförsterei an.

Er war ein großer, zur Korpulenz neigender Mann. Jede seiner raschen Bewegungen ein Ausdruck höchster Lebensenergie und Selbstzufriedenheit, jedes Zurückwerfen des Kopfes ein Zeichen unermessensten Hochmutes, das Antlitz mit breiten Backenknochen, einem sehr gepflegten dunklen Vollbart, starker Nase und kleinen, sehr scharfen Augen, ein Rassegesicht. Intelligent und raubtierartig.

Ungeduldig sprang er von dem ungefederten Wagen, auf dem er hergefahren war, die Treppe hinauf dem Oberförster entgegen, mit dem er jahrelang kein Wort gewechselt hatte.

»Nun, wie steht's?« fragte er in seinem harten, kurländischen Dialekt.

»Besser, besser, – aber sie erwartet Sie nicht. Sie war zu elend, wir durften ihr nichts von Ihrer Ankunft sagen.«

Kurowski schob ihn mit einer Handbewegung fast zur Seite.

»Die Jungen? Ah ...!«

Maggie trat ihm entgegen.

Er begrüßte sie, küßte feurig ihre Hand, und, als sie groß und wie in Gedanken zu ihm aufsah, auch ihren Mund.

Maggie erschrak vor ihm. Er sah ihr in die unsicher blickenden Augen und lief dann den Jungen entgegen, die mit lautem Jubelgeheul auf ihn zustürmten.

Er herzte sie, sagte ihnen ein paar derbzärtliche Worte und schob sie zur Seite.

»Wo ist sie denn?« fragte er. »Wollen Sie mich zu ihr führen, Maggie?«

Maggie schoß das Blut siedendheiß durch den Körper. »Seien Sie sehr gut mit ihr,« bat sie stockend – »sie ...«

Ihr Schwager sah sie aus zusammengekniffenen Augen, halb verwundert, halb ironisch an. Maggies Trotz bäumte sich auf unter diesem Blick.

»Gehen Sie nur allein zu ihr,« sagte sie kurz, »und übernehmen Sie die Verantwortung.«

Kurowski blieb im Hausflur stehen.

»Was machen Sie denn für Umstände, Schwägerin? Selbstverständlich will ich mit meiner Frau allein reden. Zeigen Sie mir nur den Weg. Sie können ja nachkommen.«

Er lief die Treppe hinauf, sie folgte langsam.

Gertrud selbst, durch die harten Tritte erschreckt, öffnete die Tür. Entsetzt, mit ausgestreckten Händen blieb sie stehen und fand keine Worte.

»Na, sieh' mal,« – Kurowski faßte sie an den Schultern und zog sie ins Zimmer – »laß dich mal anschauen ... Schön wie der Tag steht sie mir da, und der Alte depeschiert, als ob's Matthäi am Letzten wäre.«

Gertrud machte sich los und zuckte in einem Nervenschauer.

»S i e haben dich gerufen?« fragte sie ungläubig.

»Aber natürlich. Ich wäre sonst erst Ende der Woche gekommen. Und nun sag' mal, Kind, was ...?«

»Nichts, nichts ... nichts,« sagte Gertrud hastig, und ihr weißes Gesicht fing an zu glühen. »Ich bin gesund, ich werde mitkommen, wenn du willst, Kurt. Gleich – gleich ... Ich will bei dir auch nicht bleiben, aber zunächst komme ich mit. Laß mich nicht eine Stunde länger hier.«

Kurowski sah nach Maggie, die mit gesenktem Kopf in der Tür stand.

»So, so,« sagte Kurowski. »Ihr habt euch gezankt ... Und recht kräftig, scheint mir. Also bitte, Maggie, was ist los? Schnell!«

Er trat auf Maggie zu. Gertrud zog ihn zurück.

»Kurt, eine ehrliche Antwort bekommst du von ihr nicht. Und vom Vater auch nicht. Ich bitte dich noch einmal, frage nicht und nimm mich gleich mit. Gleich. Die hier sind froh, wenn wir weg sind.«

Kurowski faßte seine Frau unter das Kinn, bog ihren Kopf zurück und sah ihr nachdenklich in das erregte Gesicht.

»Bleib oben, Kind,« sagte er dann freundlich. »Ich werde alles besorgen.«

Mit leisem Pfeifen ging er die Treppe langsam hinunter. Maggie folgte ihm. Sie wollte doch den Vater nicht allein mit diesem Manne lassen, der seine brutale, unberechenbare Rücksichtslosigkeit nur für den Augenblick unter ironischer Freundlichkeit versteckte.

Natürlich würde er Gertruds kopflose Übereilung ausnutzen. Es war ja auch gut so. Doch nun, da sie den Schwager wiedergesehen hatte, fühlte sie mit Bangigkeit, was sie Gertrud angetan hatte, und daß es jetzt für immer zu spät wäre, es gutzumachen.

Ihre Bahn war frei. Aber sie hatte Gertrud zugrunde gerichtet.

Verzagt trat sie hinter Kurowski in die Stube des Vaters, auf einen großen, geräuschvollen Auftritt gefaßt.

Aber Kurowski sah sie nur beide belustigt an und begann ein ganz gleichgültiges Gespräch über die Schönheiten der Riviera.

Der Oberförster ließ es eine Weile über sich ergehen, dann brauste er auf.

»Herr, wollen Sie mich zum Narren halten? Was ist also mit meiner Tochter?«

»Ach so,« sagte Kurowski und streckte ihm beide Hände entgegen. »Nun, Sie haben mir ja einen hübschen Dienst erwiesen. Sie haben sie so schlecht behandelt, daß sie sich schleunigst in meine Arme stürzt, nachdem sie mir brieflich kurz und bündig erklärt hatte, daß sie sich scheiden lassen will ... Schönen Dank also, alter Herr ... Übrigens werde ich natürlich dahinterkommen, wer es gewagt hat, meine Frau zu dem Entschluß der Scheidung aufzuhetzen ...«

Maggie sprang auf. »Ich ... ich,« rief sie voller Empörung. »Ich hab' sie beredet ... ich habe Seckersdorf ...« Sie hielt erschrocken inne und konnte seinen funkelnden Blick nicht mehr aushalten ...

Kurowski sah sie in drohendem Erstaunen an.

»Und trotzdem ruft ihr mich eiligst her?« fragte er.

»Ja, ich dulde so etwas nicht,« schrie der Oberförster. »Eine verheiratete Frau! Aber ebensowenig laß ich mir einen Zwang auferlegen. Maggie und ich verkehren, mit wem wir wollen ... Und es schließlich mit dem Seckersdorf verderben ...«

»Papa,« unterbrach Maggie ihn, hochrot vor Scham und Zorn.

Er schwieg. Kurowski sah von ihm zu Maggie. Er fing an den Zusammenhang zu ahnen und lächelte höhnisch.

»Nun, ich werde meine dumme kleine Frau einmal scharf ins Gebet nehmen.«

»Sie werden sie nicht quälen,« rief Maggie heiser.

Kurowski lachte. »Sie soll Brautmutter spielen, wenn Sie Hochzeit mit Seckersdorf machen ... Übrigens, Glück haben Sie mit Ihren Mädels, Papa.«

Er konnte das alles ja nur aufs Geratewohl sagen, doch Maggies totenblasses Gesicht und ihre zornfunkelnden Augen enthüllten ihm die ganze Wahrheit.

»Also noch einmal,« sagte er weiter zu den schweigend Dastehenden. »Mag nun vorgefallen sein, was da will, euch beiden bin ich dankbar. Ich hatte mich doch etwas vergaloppiert, der Gertrud gegenüber, und so gleicht sich das nun aus, und ich hab' meinen kleinen Spaß obendrein.«

»Ich werde in jedem Fall Gertrud schützen,« sagte der Oberförster mit starker Betonung. Und dachte in diesem Augenblick auch, daß er das tun würde.

»Sicher, sicher,« höhnte sein Schwiegersohn. »Aber für heute bitte ich um die Familienkutsche nach dem Bahnhof. Und schönen Dank für die Gastfreundschaft ... Gertrud wird doch fahren können?«

»Ich glaube,« sagte Maggie tonlos. Der Oberförster ging selbst hinaus, um die nötigen Anordnungen zu treffen. Er fürchtete Gertrud ins Gesicht zu sehen und dachte doch mit einem Gefühl banger Erleichterung, daß nun ja alles gut wäre.

Eine Stunde später saß Gertrud wohlverpackt mit ihrem Manne und den Kindern in dem alten Verdeckwagen. Der willenskräftige Mann, die schöne Frau, die er sorgsam stützte, die lebhaften, zärtlichen Knaben, das alles gab das Bild eines vollendet glücklichen Familienlebens. Und doch war Gertrud die Beute einer hoffnungslosen Verzweiflung. Mit weinenden Augen sah sie an der Biegung des Weges noch einmal auf das alte Haus zurück, in dem sie gehofft hatte eine Zuflucht zu finden. Jetzt erst war sie ganz einsam und schutzlos geworden. Enttäuscht in den noch einmal erwachten Glückshoffnungen, verraten vom Vater und Schwester, sollte sie das doppelt zerbrochene Leben weiterführen, vereint mit dem Mann, vor dem sie hatte fliehen müssen ...

Dabei fiel ihr in all dem trostlosen Jammer, in

dem auch ihre Kinder ihr vollkommen gleichgültig waren, ein Merkwürdiges auf: Sie hatte mit einmal keine Angst mehr vor ihrem Mann.

Seit diesem Abschiedstage, an dem Maggie übrigens voller Reue und Sehnsucht hinter der verlorenen Schwester herweinte und dem kühler denkenden Vater heftige Vorwürfe machte, daß er jene so ruhig dem »Scheusal Kurowski« überlassen habe, ging in der Oberförsterei alles seinen früheren Gang. Aber das alte Behagen schien aus dem Hause gewichen. Leben und Poesie waren mit Gertrud und den Kindern fortgezogen, und eine unerträgliche Nüchternheit breitete sich überall aus. Und doch konnte das nur Einbildung sein. Man hatte jahrelang so wie jetzt gelebt und nichts vermißt. Die Entfernung von Gertrud war die gleiche, und dennoch, wie anders schien alles!

Der Oberförster hatte in diesen Tagen viel mit Versteigerungen und Terminen zu tun und kam immer müde und verärgert heim. Nachbarbesuche blieben aus, der schlechten Wege halber. Und so waren die beiden Frauen nachdenklich und schweigsam viel für sich. Das konnte nicht so bleiben, sagte sich Maggie eines schönen Morgens. Es war nun genug gegrübelt und getrauert, und hohe Zeit, auf ihren alten Plan, um den sie sich mit so vielem belastet hatte, ernsthaft zurückzukommen. Und von da an ging alles wie am Schnürchen.

Sie teilte Seckersdorf mit, daß Gertrud wieder in Laukischken wäre und bat ihn, schleunigst herüberzukommen. Der Vater war natürlich an dem bestimmten Tage nicht zu Hause, und Fräulein Perl hatte mit der Festschlächterei zu tun. So konnte Maggie unbeachtet dem »armen Freunde« ihr volles Herz ausschütten und ihn zu trösten versuchen.

Das war eine merkwürdige Szene. Hans Seckersdorf trug es mit männlicher Fassung. Er hatte mit stiller Trauer den ihm plötzlich wieder so nah gerückten Jugendtraum verflattern gesehen. Ihm war immer weh zumute, wenn ihm der Name Gertruds durch den Kopf schwirrte, und er lebte mit dem Bewußtsein, daß er sich auf höchstes Lebensglück keine Hoffnung mehr zu machen habe. Das war nun einmal so und nicht zu ändern. Wenn Gertrud gewollt hätte, wäre es wohl möglich gewesen, alle Schwierigkeiten zu besiegen, und er hätte sie auf seinen Händen dafür durchs Leben getragen. Aber er konnte ihr keinen Vorwurf daraus machen, daß sie die einmal übernommene Pflicht heilig hielt, und er mußte sie noch mehr verehren darum.

Das alles und mehr sagte er Maggie in schlichten Worten, aus denen die tiefste Empfindung und reinste Ehrlichkeit leuchtete. Und sie, – sie sah mit den rotgeweinten Augen scheu nach dem Papierkorb, aus dem sie Gertruds zerrissenen Brief an ihn hervorgeholt und zusammengesetzt hatte. Der kleine Zettel war ihr dumm und kindisch vorgekommen. Jetzt bei Seckersdorfs Worten klang ihr die rührend unbeholfene Bitte, die er enthalten: »Helfen Sie mir doch,« schrill durch die Seele. Heiße Tränen flossen ihr über das Gesicht. Seckersdorf sah sie aus seinem trüben Sinnen heraus voller Verwirrung an.

»Fräulein Maggie ... Sie weinen?« Er stockte.

Sie schluchzte weiter. »Ach, sehen Sie, daß Gertrud sich solch ein Glück durch ihre Furchtsamkeit verscherzt hat, daß auch Sie darunter leiden müssen ... Und dann die ganze Trennung von ihr ... Es war unbegreiflich, furchtbar ... Sie warf sich dem entsetzlichen Menschen geradezu in die Arme ...«

Und sie erzählte alles, wie jemand, der die inneren Vorgänge nicht kannte, die äußeren auffassen mußte. Danach war freilich die arme Gertrud ein schwächliches Kind, ohne echtes Empfinden, Wachs in der Hand dessen, der sie am besten zu kneten verstand. Sie nahm ihr nicht viel von ihrer Art, aber gerade das Wesentlichste überging sie, die unendliche Herzensgüte, die strahlende Reinheit ihres Wesens und die scheue Vornehmheit, die sich vor jedem Antasten ihrer innersten Gedanken zurückzog, und betonte ausschließlich die große Ängstlichkeit, das Unselbständige, Schwankende, das ihr eigen war und gewiß – wie Maggie hervorhob – einen großen Reiz an Gertrud bildete, nur daß das alles nicht standhielt, sobald das praktische Leben in Frage kam.

Sie, Maggie, hätte ja, robust und tatkräftig wie sie war, gern geholfen, wenigstens anfangs, als Gertrud noch zugänglich war. Dann weinte Maggie wieder und war gar nicht zu beruhigen, und Hans Seckersdorf konnte trotz allen Forschens nicht herausbekommen, warum es zwischen ihnen allen zu einem Bruch hatte kommen müssen.

Desto mehr erfuhr er über Maggies Ansichten und wie sie gehandelt hätte, wenn sie Gertrud gewesen wäre. Da das, abgesehen von allem anderen, sehr schmeichelhaft für ihn war, zeigte er lebhaften

Anteil an allem, was sie sagte. Er wehrte ihr Lob ab, er nahm Gertrud fast leidenschaftlich in Schutz, aber zugleich mußte ihn doch der Gedanke beschäftigen, wie schön es gewesen wäre, wenn die Frau, die er nun einmal lieb hatte, in gleicher Weise für ihre Liebe eingetreten wäre.

In den nächsten Tagen trafen sie auf einem großen Diner in Auklappen zusammen. Sie saßen weit voneinander und konnten sich auch zufällig im Laufe des Abends nicht allein sprechen. Maggie merkte wohl, wie ihn das beunruhigte, wie zerstreut er mit seiner Tischdame sprach, wie seine Blicke sie suchten, und welch ein liebes, leises Lächeln über sein ernstes Gesicht flog, wenn ihre Blicke sich trafen.

In solchen Augenblicken schlug Maggies Herz in einer stürmischen Zärtlichkeit für ihn, und sie dachte: »Gott sei Dank, ich bin ihm wirklich gut.« Aber trotzdem hatte sie doch Selbstbeherrschung genug, ihm an diesem Abend vorsichtig aus dem Wege zu gehen.

Darauf kam er, wie sie richtig berechnet hatte, am nächsten Tage zu Pferde, »einer Forstangelegenheit wegen«, blieb zum Kaffee und ritt erst abends wieder fort.

Das nächstemal kam er ohne Vorwand, und von da ab öfter und öfter.

Da wurde in des Oberförsters und Fräulein Perls Gegenwart natürlich nur wenig von Gertrud gesprochen. Da konnte sie wieder die alte, frohe Maggie sein, nur ein klein wenig gedämpfter, und mit einem warmen, kameradschaftlichen Ton für ihn, der dem schlichten, weichen Manne unendlich wohltat. Und dann regte das temperamentvolle Leben, das kraftsprühende Sichausgeben, die unbändige Lebenslust in ihr Seckersdorf, der still und müde geworden war, ersichtlich an.

»Weiß Gott, wie es kommt, Fräulein Maggie,« sagte er einmal, »auch wenn man sehr ernsthafte, traurige Dinge mit Ihnen bespricht ... Man versöhnt sich ordentlich mit ihnen, findet es gut, daß man sie erlebt hat ...«

»Was für ernsthafte Dinge besprecht ihr denn, wenn man fragen darf?« fragte der Oberförster darauf, mit einem Versuch, sie zu necken.

Da sahen sich die beiden groß an und schwiegen befangen.

Alles in allem war das Leben in dieser Zeit schön. Mit dem Gedanken an Gertrud war Maggie bald fertig geworden. Einmal hatte diese einen kühlen, bläßlich zufriedenen Brief geschrieben, nach dem es ihr gut zu gehen schien, und dann wurde auch alles widrige Grübeln übertäubt durch den großen Reiz, diese Tage der Spannung auszukosten. Immer das Ziel vor Augen, halb Komödie spielend, halb ehrlich, immer in der Beklommenheit junger heißblütiger Menschen bei häufigem Alleinsein, immer in der Erwartung der Entscheidung und doch instinktiv sie hinauszögernd.

Es verging schließlich kein Tag mehr, an dem man sich nicht sah, und von Gertrud wurde immer weniger gesprochen. Vergessen hatte er sie noch nicht; Maggie kannte den wehmütig scheuen Blick längst, der in Gedanken an sie sein Gesicht belebte, aber auch der kam seltener.

Einmal liefen sie in den Garten hinaus, eine Vogelspur festzustellen. Seine schmalen Gänge waren unter dem Schnee scharf gefroren. Maggie glitt aus, Seckersdorf stützte sie, und sie lag eine Sekunde fest an ihn gelehnt.

Er preßte sie heftig an sich, dann ließ er sie schnell los, sah sie mit maßlosem Erstaunen an und schüttelte den Kopf. Sie waren beide verlegen undkonnten auch später im Zimmer in kein rechtes Gespräch mehr kommen.

Solche kleine Zwischenfälle wiederholten sich, ohne daß es zu einer Aussprache kam. Der Oberförster fing an, verstimmt zu werden, wenn Seckersdorf erschien, auch Maggie wurde zuweilen die Zeit etwas lang. Aber sie blieb vorsichtig, und zog sich eher zurück, als daß sie ihm in seiner Unbeholfenheit einen Schritt entgegengekommen wäre.

Darüber kam das Weihnachtsfest näher. Seckersdorf sollte dazu nach Sachsen zurück, und dann wollte er mit seinem Onkel beraten, ob er dort oder hier in Ostpreußen seinen dauernden Wohnsitz nehmen würde.

Eines Nachmittags, der Oberförster war hinausgegangen, und man hörte sein Schelten von dem Hof her, erzählte Seckersdorf Maggie davon, während er im Zimmer umherging. Sie saß mit einer Bescherungsarbeit am Fenster. Bei seinen Worten kam ihr zum erstenmal seit ihrer Bekanntschaft eine furchtbare Angst, daß sie sich am Ende verrechnet haben könnte. Wenn er so unbefangen von seinem Fortgehen sprach, wenn ihn nichts fesselte ... Sie wurde totenblaß vor Erregung und Bangigkeit.

»Was ist Ihnen, Maggie?« fragte er herzlich, »Sie sehen nicht gut aus.«

Sie schüttelte mit einem traurigen Lächeln den Kopf. »Also Sie gehen bestimmt?« fragte sie beklommen und legte ihre Arbeit fort.

Er trat zu ihr in die Fensternische. Sie sahen sich einen Augenblick an, fragend, warm, schwer atmend.

Sie sprang hastig auf und streifte ihn dabei. Er zuckte zusammen.

»Maggie?« sagte er unsicher.

»Was?«

»Kann das sein?«

»Was?« fragte sie noch einmal leise.

»Ist das möglich, daß wir – uns gut sind?«

»Ich glaube,« sagte sie mit hellem Aufjauchzen.

Da griff er nach ihr; sie warf sich an seine Brust, und sie küßten sich, wie Verdürstende, die sich endlich, endlich satt trinken.

So wurde Maggie Hagedorn Hans Seckersdorfs Braut.

Für Gertrud hatten sich die Tage in Laukischken nach der letzten furchtbaren Zeit zu Hause erträglich gestaltet.

Als sie an dem ersten Abend, durch die Vorsorge ihres Mannes, das ganze raffiniert luxuriöse Wohnhaus erleuchtet und warm vorfand, überkam sie zunächst ein Gefühl von rein körperlichem Wohlbehagen.

Sie wunderte sich, daß das nach solchen Erlebnissen und im Kampf mit solchen Entschlüssen möglich sein konnte, aber es war so. Ihr Mann, teils aus Berechnung, teils aus Launenhaftigkeit, ließ sie in Ruhe, nachdem er einmal den Versuch gemacht hatte, sie über die Einzelheiten ihres Zerwürfnisses mit den Ihren auszufragen.

»Ich möchte nicht darüber sprechen,« hatte sie kühl erwidert, und schließlich gar, als er in seiner alten Art herrisch und spottend sie doch dazu hatte zwingen wollen, gesagt, daß sie sich nicht mehr als seine Frau betrachte, und aufrecht halte, was sie ihm geschrieben hatte.

Er hatte ihre Worte ins Lächerliche gezogen, sie aber dann ein paar Tage ganz unbehelligt gelassen.

Und als sie äußerlich gleichmütig und kühl, bei aller innerlichen Zerbrochenheit, Morgen und Abend vergehen ließ, ohne sich ihm gegenüber zu ändern, hatte er, dem ein solcher Zustand unerträglich schien, eine große Aussprache herbeigeführt.

Er hatte ihr die Folgen einer Scheidung klargemacht, bei der eine Frau immer den Kürzeren zog.

Dann hatte Kurowski ernsthaft mit ihr gesprochen, wie noch nie im Leben. Er hatte ihr gesagt, daß er prinzipiell in eine Trennung einwilligen würde, ihr dann aber den Vorschlag gemacht, der Kinder wegen noch einmal zu versuchen, mit ihm zusammen zu leben, wie es sich für zwei praktische, nüchterne Leute, die nach außen hin Verpflichtungen haben, geziemte. Er wollte ihr vor der Welt keine Veranlassung mehr geben, sich zu beklagen, von ihr nichts verlangen, als was sie ihm gutwillig gäbe, und sich nur die Freiheit seiner Wege vorbehalten.

Die klare und eindringliche Art seiner Auseinandersetzungen war eine Wohltat für Gertrud gewesen und hatte im Augenblick alles, was sie fühlte, zurückgedrängt gegen das, was so verstandesmäßig an sie herantrat.

Ohne viel zu überlegen, hatte sie eingewilligt, diesen Versuch zu machen, und die Unterredung in einer Haltung zu Ende geführt, durch die ihrem Mann unwillkürlich Respekt abgenötigt worden war.

Und danach atmete sie auf und fing zum erstenmal an, sich als Hausfrau zu fühlen.

Sie mochte nicht immerzu über die Bosheit grübeln, die man ihr angetan hatte, über die Schande, in die sie bald gesunken wäre, – sie wollte schaffen, ihre Pflicht tun. Und sobald sie diese Absicht zeigte, meldeten sich von allen Seiten die Leute bei ihr, die bisher nach dem knappen Befehl des Herrn auf eigene Verantwortung geschafft hatten.

Aber sie war so unwissend. Sie konnte fast nie Bescheid geben. Sie mußte sich mühsam durch Nachdenken und Beobachten herausklauben, was anderen durch Gewohnheit und Übung selbstverständlich ist.

Manchmal fragte sie sich selbst erstaunt, wie das möglich gewesen sei, so lange in diesem Hause zu leben und es so wenig zu kennen. Da war allerdings eine alte Mamsell über dem Ganzen tätig gewesen, die Vertraute des ganzen weiblichen Dienstpersonals, soweit es dem »gnädigen Herrn« zusagte.

Diese Person, deren Anwesenheit in ihrem Hause ein Vorwurf für sie gewesen war, hatte sie nicht mehr vorgefunden, als sie wiederkam, ein stillschweigendes Zugeständnis ihres Mannes, mit dem sie jetzt einverstanden war, da sie dadurch zum selbständigen Disponieren gezwungen wurde.

Ihr anfänglich fester Entschluß, sich doch von ihrem Manne zu trennen, verblaßte mit der zunehmenden Tätigkeit. Nicht nur aus Bequemlichkeit oder Gleichgültigkeit gegen das äußere Leben, oder weil sie ihrem Gatten etwa freundlicher gesonnen gewesen wäre; vielmehr ging ihr in dieser Zeit, in der sie zum erstenmal sich bemühte, ihren Pflichten gerecht zu werden, wie es das Leben von jedem ausnahmslos fordert, ein Schimmer der Erkenntnis auf, daß es weniger auf Glück oder Unglück ankommt, sondern darauf, den Platz, den einem das Schicksal nun mal angewiesen hat, mit Ehren auszufüllen.

Ihr Mann war viel auswärts und kümmerte sich anscheinend auch im Hause nicht viel um sie; die neue Erzieherin erwies sich als ein liebenswürdiges, gescheites Mädchen, mit der sie gern ab und zu plauderte. Gesellschaften besuchte sie unter dem Vorwande ihrer Kränklichkeit nicht; und so ging das Leben in ebenmäßigem Gleise weiter, ohne Widerwärtigkeiten, aber in grauer Eintönigkeit. Von Hause hatte sie nur einen Brief durch Fräulein Perl erhalten, der bloß vom Alleräußerlichsten sprach, von Seckersdorf war zufällig bei den paar Nachbarbesuchen nicht die Rede gewesen, und so hörte sie nichts mehr von allem, was sie in den letzten Wochen so bitter gequält und mit so widersprechendenGlücksgefühlen erfüllt hatte. Das war sehr gut, sehr gut, sagte sie sich abends und morgens.

Da kam kurz vor Weihnachten ein Brief ihres Vaters an seine »lieben Kinder«.

Kurowski, im Begriffe, mit den Jungen auszufahren, las ihn im Stehen und lachte hell auf.

»Da,« rief er zu Gertrud herüber, die mit klopfendem Herzen darauf wartete, den Inhalt zu erfahren.

»Maggie hat sich mit Seckersdorf verlobt. Der Alte ist natürlich höllisch ... Na, was ist das?«

Gertrud sah ihn halb abwesend an. Sie schien erstarrt zu sein.

Kurowski sprang zu ihr. »Nimm dich zusammen,« zürnte er. »Was soll das heißen?«

Gertrud richtete sich auf. Heiße Tränen liefen ihr übers Gesicht.

»Weinen, – hier vor meinen Augen weinen!«, schrie Kurowski empört. »Das ist allerdings stark.«

»Kurt,« sagte Gertrud leise, »tu', was du willst. Du weißt es ja, daß ich ihn lieb gehabt habe. Und Maggie nimmt ihn nur aus Berechnung.« Der zornige Ausdruck in Kurowskis Gesicht ging in einen höhnischen über.

»So,« sagte er, seinen Bart streichend. »Nun, wir reisen jedenfalls hin, um zu gratulieren.«

Gertrud sah ihn mit gequälten Augen an. »Nein,« sagte sie.

»So entschlossen? Nun, ich sage: Ja!«

»Kurt, besteh' nicht darauf, ich tue es nicht.«

Als sie sich so zu ihm neigte, schön wie der Tag, mit einem fremden, entschlossenen Zug im Gesicht, packte ihn plötzlich eine rasende Eifersucht. Er faßte sie an den Schultern.

»Was ist vorgefallen zwischen dir und jenem Hund? Gesteh! Du hast dich mit ihm getroffen, ich bin betrogen!«

Fast an der gleichen Stelle, vor ihrer Flucht, hatte Gertrud denselben Vorwurf wie einen Faustschlag empfunden und geschwiegen. Heute, wo sie sich nicht so rein fühlte wie damals, verteidigte sie sich. Sie gab ihr Wort, daß sie Seckersdorf nie gesehen hätte.

Und Kurowski glaubte ihr. Er empfand wohl auch, daß er an diese Dinge besser nicht mehr rührte, und nahm von einem Gratulationsbesuche Abstand.

»Unter der Bedingung, daß wir sofort, meinetwegen nach Berlin, abreisen und in sechs Wochen zu ihrer Hochzeit zurückkommen,« sagte er.

Gertrud atmete erleichtert auf. Wenn sie ihnen nur jetzt nicht heuchlerisch die Hand drücken mußte!

»Zur Hochzeit gehen wir also bestimmt hin,« wiederholte ihr Mann finster, »damit den Leuten endlich mal der Mund gestopft wird. Du weißt, ich lasse nicht mit mir spaßen. Und der Seckersdorf soll sich nichts mehr einzubilden haben, wie damals – verstanden?«

Gertrud schauderte zusammen. »Verlaß dich drauf,« sagte sie tonlos und lief hastig aus dem Zimmer.

Sie wußte nicht, was am bittersten weh tat, Groll, Verachtung, Gedemütigtsein, oder das zum Äußersten gesteigerte Bewußtsein des Verlustes.

»Lieber Gott,« betete sie wimmernd, »gib mir einen großen Stolz, einen unbändigen Stolz, oder laß mich sterben.«

Maggie war nun zufrieden. Die alltäglichen kleinen Aufregungen der Brautzeit, die teils gutgemeinten, teils neidischen Glückwunschbesuche der Nachbarn und Freunde, die Beratungen über die nächsterforderlichen Einrichtungen, das alles nahm ihre Zeit und ihre Gedanken so sehr in Anspruch, daß sie sich nicht mehr weiter in Grübeleien vertiefte.

Sie hatte auch schon genug damit zu tun, sie ihrem Bräutigam fernzuhalten, und oft, wenn er neben ihr saß, ihre Hand schlaff in der seinen haltend und ihr ruhig und freundlich in die Augen sehend, empfand sie einen Stich in dem Gedanken: wäre er ebenso gelassen zärtlich, wenn *sie* hier neben ihm säße? Und in der Erinnerung sah sie seine Blicke fest und heiß werden, so oft sie damals, als sie noch Gertruds Verbündete war, von ihr gesprochen hatte.

Das tat sie übrigens jetzt auch. Kurowskis waren ja gerade im Begriff gewesen, eine verspätete Hochzeitsreise zu machen – wie Maggie deren Fahrt nach Berlin zu nennen pflegte –, als ihre Verlobungsnachricht in Laukischken eingetroffen war, und so hatten sie sich nicht mehr gesehen. Aber Gertrud schrieb zuweilen von Berlin aus an Fräulein Perl, und da war viel von Hofbällen, von Auszeichnungen der Majestäten, viel von »Kurt« die Rede, und den Schluß machten immer »freundliche Grüße« für den Vater und das Brautpaar.

Darüber gab es dann natürlich zu reden, und Maggie war auch überzeugt, daß es zweckmäßig wäre, den Namen der Schwester unbefangen und oft zu nennen. Seckersdorf gewöhnte sich daran und zeigte keine so merkbare Bewegung mehr, wie im Anfang.

Ob er ihr, seiner Braut, nun aber wirklich gut geworden war? Natürlich! Er war sogar verliebt, er behandelte sie als gleichberechtigten Kameraden, aber ... es war doch gut, daß sie im Grunde auch nicht alles gab, was sie hier und da einmal heiß in sich aufbrausen fühlte ... Nicht für ihn, für niemand, den sie kannte; sie suchte in Gedanken, aber es war wirklich niemand da. Und so küßte sie wieder, wie Hans Seckersdorf sie küßte, und dachte oft dabei an die große Flamme, die einmal in ihm gebrannt hatte, und ob die für immer ausgelöscht sei ...

Mit Gertrud und ihrem Schicksal beschäftigte sie sich nicht viel. Sie wollte deren glänzende äußere

Erlebnisse, von denen sie hörte, als Tatsachen nehmen und nicht über der Schwester Seelenzustand grübeln. Sie machte es diesmal ebenso wie ihr Vater, und der war ja sein Lebtag bei dieser Art, die Dinge anzuschauen, gut fortgekommen.

Vor einem Zusammentreffen an ihrer Hochzeit, das Kurowskis angekündigt hatten, war ihr nicht sehr bange, weil sie eigentlich nicht daran glaubte. Auch Hans hatte sie einmal nach langem Zögern gefragt, ob die Laukischker wohl im Ernst daran dächten.

»Selbstverständlich,« hatte sie zwar gesagt, aber sie war innerlich doch davon überzeugt, daß Gertrud es nicht über sich gewinnen würde, zu Seckersdorfs Hochzeit zu kommen.

Darüber rückte der Februar und der Hochzeitstag heran. Reise- und Übersiedlungspläne brachten immer mehr Unruhe in das tägliche Leben. Die Ausstattung war besorgt, Erwägungen über die Art der Festlichkeiten kamen an die Reihe. Maggie nahm das nicht leicht.

Sie überlegte, wie sich alles für sie am vorteilhaftesten machte, und ordnete danach an. In jeder Weise war sie darauf bedacht, ihre äußere Erscheinung zu glänzender Geltung zu bringen, und ihre Hochzeitstoilette bereitete ihr ein paar schlaflose Nächte.

Zuweilen überkam sie ein Ekel vor all diesen Oberflächlichkeiten, die jetzt ihr Leben ausfüllten; aber sie überwand ihn und redete sich schließlich immer wieder das »große Ziel« ein, das sie in kurzer

Zeit nun erreicht haben würde.

Wenn Gertrud doch nicht käme! Vor einer blassen, vergrämten Gertrud hätte sie sich ihr Leben lang fürchten müssen. In ihrer Phantasie natürlich, denn Hans, sobald sie seine Frau wäre, würde an keine andere mehr denken, dessen war sie sicher.

Aber Gertrud kam.

Einen Tag vor dem Polterabend traf, mit einem kostbaren Schmuck von Kurowskis, ihre Zusage für den nächsten Tag ein.

Seckersdorf nahm die Nachricht anscheinend gleichgültig auf; Maggie, aufgeregt und in Anspruch genommen, legte im Augenblick nun auch nicht so viel Gewicht darauf, wie die ganze Zeit vorher, und der Oberförster war von Herzen froh, denn mit diesem Kommen waren die fatalen Ereignisse des letzten Winters und jede Spannung zwischen Kurowskis und ihm fortgewischt.

Und nun war der Tag da. Das ganze Haus hatte ein anderes Aussehen. Alles war geräumt, um Platz für die Gäste zu schaffen, die in großer Menge erwartet wurden, und sämtliche Zimmer und Durchgänge mit Tannenbäumen, -zweigen und Girlanden geschmückt. Gertrud hatte es sich bei ihrerHochzeit schon so gewünscht, um zum letztenmal ihren Wald um sich zu haben. Maggie war nicht so sentimental; sie hatte denselben Schmuck gewählt, weil er am leichtesten herstellbar, wirkungsvoll und leicht zu beschaffen war. Sie kommandierte auch heute noch herum, traf Änderungen, beschäftigte die Leute, und nahm Fräulein Perl alles aus der Hand. Sie fühlte sich recht als Siegerin.

Als aber am Nachmittag das Laukischker Fuhrwerk ankam, stand ihr das Herz doch still. Sehr blaß trat sie den Aussteigenden entgegen und wagte im ersten Augenblick nicht, der Schwester ins Gesicht zu sehen. Der Schwager begrüßte sie laut, während Gertrud in kühlem Herabneigen das Gesicht leicht an sie legte, ohne sie zu küssen.

Das hieß: »Ich habe nicht vergessen.«

Trotzig sah sie nun auf – und fuhr fast zurück. Gertrud leuchtete ihr in einer Schönheit entgegen, die sie noch nie an einer Frau wahrgenommen hatte.

Auch der Vater und Fräulein Perl machten ihre staunenden Bemerkungen darüber.

Gertrud sagte nichts, aber Maggie bemerkte mit Bangen einen neuen selbstbewußten, ja triumphierenden Zug in dem regelmäßig stolzen Gesicht, das sie sich in Gedanken blaß und gramzerstört vorgestellt hatte.

»Ja, die weiß sich jetzt zur Geltung zu bringen, die schüchterne, bescheidene Gertrud,« bemerkte ihr Mann. »Nicht wiederzuerkennen, sag' ich euch, seit sie ein bißchen Weltluft geschmeckt hat. Aber das war auch 'ne feine Sache, dieses Berlin, nicht wahr, Kleine?«

Gertrud nickte freundlich, ohne recht auf das zu hören, was Kurowski sagte. Mit hochmütig nachdenklichem Blick musterte sie ihre frühere Welt, in der sie so viel gelitten hatte.

Ihr Mann und Maggie sprachen noch eine Weile, während man in Eile und Ungemütlichkeit Kaffee trank und der Oberförster und Fräulein Perl über eine Weinfrage verhandelten. Gertrud wollte sich nicht angreifen vor dem Abend und erkundigte sich nach ihrem Zimmer. Es war das alte. Wann der Bräutigam denn käme, und wann die Geschichte eigentlich beginnen sollte, fragte Kurowski. Maggie gab Auskunft. Seckersdorf würde wie die anderen Gäste um halb acht erwartet. Jetzt war's vier Uhr. Gertrud stand auf und meinte, Maggie sollte sich auch noch zurückziehen; sie sprach in gleichgültig freundlichem Ton und schien nicht zu ahnen, wie fassungslos Maggie gerade darüber war.

»Sie muß diese Maske fallen lassen,« dachte diese zuletzt. »Ich werde sie zu einer Aussprache zwingen, mag es ausfallen, wie es will.«

Sie begleitete Gertrud hinauf in das früher von ihr bewohnte Zimmer, das jetzt für diese und ihren Mann hergerichtet war. Sie blieb vor ihr stehen und musterte sie mit herausforderndem Blick.

Aber Gertrud sagte nur: »Danke, – wenn es dir recht ist, möchte ich allein bleiben. Ich fange um halb sechs an, Toilette zu machen; soll meine Jungfer dir später helfen?«

Und damit trat Gertrud zu einem der Betten, von dem ihr Kleid, eine weißsilberne Wolke, Brokat- und Spitzengewebe, glitzernd und duftig herabfiel.

Mit Tränen des Zornes und der Scham ging Maggie hinaus, und das Herz schnürte sich ihr zusammen.

Das silberdurchwebte Ballkleidchen fiel ihr ein,

in dem Gertrud zu jener ersten Vokeller Gesellschaft gefahren war, lachend und zärtlich gegen sie.

»Sie will mich ausstechen,« dachte sie plötzlich voll Schreck. »Sie hat absichtlich ein ähnliches Kleid gewählt, wie das von damals, und sie ist so viel schöner als zu jener Zeit ... Aber sie wird herablassend gleichgültig gegen Hans sein,« beruhigte sie sich dann. »Sie wird ihm die große Dame zeigen, und das wird ihn sicherlich nicht reizen.«

So durchgrübelte sie voll Unruhe die letzten einsamen Stunden ihres Mädchenlebens und dachte inzwischen immer: »Gott sei Dank, morgen ist alles vorbei. Dann habe ich nichts mehr zu fürchten und fange mein neues Leben an.«

Gertrud war fertig. Sie stand wie eine Königin in ihrer glänzenden Toilette da, aus der sie wie eine stolze, wunderschöne Blume leuchtend und rein herausblühte. Das kleine Köpfchen auf dem schlanken Hals trug seine weißschimmernde Haarpracht wie eine Krone, ihre Augen, dunkler und fester im Blick geworden, strahlten aus dem feinen, zartgefärbten Gesicht.

Ihr Mann, der nun zum Ankleiden heraufkam, betrachtete sie mit Kennerblicken und sagte lachend:

»Du, wenn es für einen Ehemann nicht moralischer Ruin wäre, sich in seine Frau zu verlieben, heute weiß ich beinah' nicht ...«

Er küßte sie leicht auf die zierliche nackte Schulter.

Sie stand ganz still und sah nachdenklich an

ihm vorbei.

»Nun, so stumm und steif? Woran denken wir?«

Gertrud wurde rot. »Ich ärgere mich über die Art, wie du sprichst,« sagte sie.

»Freue dich lieber darüber, nach unserem siebenjährigen Krieg,« meinte er phlegmatisch und streckte den Arm nach ihr aus.

Gertrud wich zurück. »Nicht doch! Ich geh' hinab. Beeile dich auch, es ist gleich sieben Uhr.«

Vorsichtig ging sie die Treppe hinunter und in die bereits hell erleuchteten Zimmer, die sie geradeso schon einmal gesehen hatte.

Alles war still und leer, die Leute draußen beschäftigt. Ab und zu drang ein Gläserklirren oder ein unterdrücktes Durcheinandersprechen aus den hinteren Räumen herein. Sonst knisterten nur die Wachskerzen in dem Tannengrün, und die Hängelampen und Kronleuchter summten.

Es war ein eigenes Gefühl, da so einsam hin und her zu gehen. Fast wie ein Traum. Allerlei Erinnerungen an Jugend und Weihnachten, harmlos und feierlich, tauchten in ihr auf. Andere drängten sich nach, hier ein Ton, hier ein Bild aus einer lang vergangenen Zeit, und allmählich sproßte, über alles hinauswachsend, alles untereinander verbindend, ein herbes Wehgefühl in Gertruds wirren Grübeleien auf. Sie fröstelte, und doch schlug ihr Herz schnell und ihre Hände brannten. »Gott sei Dank,« sagte sie dabei zu sich selbst, »daß mir das alles nichts mehr macht. Gott sei Dank, daß siemir gleichgültig ist, und daß ich ihm freundlich und kühl die Hand reichen kann. Herrgott, ich danke dir, daß du mich hast stolz werden lassen. Was finge ich heute an ohne meinen Stolz?« Sie überhörte den Wagen, der vorfuhr, überhörte das Öffnen der Tür.

Als sie aufsah, stand sie vor Hans Seckersdorf. Ihrer beider Blicke sogen sich ineinander.

Langsam trat sie zu ihm. Er hob die Arme, er breitete sie aus, und mit leisem Schrei warf sie sich hinein.

Sie sagten nichts, sie küßten sich nicht, aber sie hielten sich fest, fest wie zusammengeschmiedet, und ihre Herzen schlugen gegeneinander.

Und alles blieb still und leer.

»Trude,« stammelte er endlich. »Trude!«

Sie rührte sich nicht.

Noch einen Augenblick, dann riß er sich los. Der kalte Schweiß stand ihm auf der Stirn.

»Barmherzigkeit, Trude ... ist das denn wahr? Sind wir wahnsinnig?«

Sie legte den Kopf wieder an seine Schulter. Und er deckte seine große Hand darauf.

»Trude, Einziggeliebtes ... Trude ...« Ein Windstoß schlug an das Fenster. Da raffte sie sich auf.

»Komm,« sagte sie heiser.

Er streichelte ihr Haar. Große Tränen standen in seinen Augen.

»Erbarm' dich doch ... Trude ...«

»So komm doch. Mein Pelz ist in der Garderobe. Laß deinen Schlitten vorfahren und komm schnell,« sagte sie noch einmal hastig.

»Aber Kind, wohin, um Gottes willen ... wohin?« rief er verzweiflungsvoll.

»Gleichviel – leben – sterben ... nur zusammen bleiben.«

»Nicht quälen, nicht quälen,« bat er mit erstickter Stimme. »Kind, geliebtes, wir müssen uns in die Trennung finden ... Aber warum, Trude, warum hast du das getan?«

Sie sah ihn mit dunklen Augen an.

»Trennung?« sagte sie. »Nein, das geht nicht. Ich darf dich nur ansehen, und ich weiß, das geht nicht. Wir verlieren Zeit ... schnell, fort ...«

Er preßte die Hände zusammen, er flüsterte abgebrochene Liebesworte, starrte sie wie besinnungslos an. Aber er blieb stehen.

»Warum kamst du nicht früher?« stöhnte er. »Wie sollen wir nun leben? Trude, warum hast du mir das getan?«

»Maggie –« stammelte Gertrud. Aber das war eine so alte, lange Geschichte.

»Ich bin wahnsinnig gewesen,« sagte sie hastig. »Zuerst – dann hab' ich wieder an Stolz, an elenden Stolz gedacht und Grundsätze, und ich weiß nicht was alles. Aber jetzt weiß ich ... das alles war Schein. Das einzig Wirkliche im ganzen Leben ist, daß ich dich liebe, grenzenlos, unsagbar ... Ich flehe dich an, nimm mich! Ich frage nach nichts mehr in der ganzen Welt, Kindern, Vater, wenn du nur ...«

Und während sie atemlos, fremd ihrem sonstigen Wesen diese Worte hervorsprudelte, hing sie sich an seinen Hals, glühend, zitternd, mit sprühenden Augen.

»Komm doch,« flüsterte sie.

Die Schauer, unter denen ihr Leib erbebte, durchrieselten auch ihn.

Er schwankte. Er murmelte etwas von Versuchung, während seine Lippen die des geliebten Weibes suchten.

Sie hob den Kopf und sah ihn an.

»Versuchung ... ja ... ich hab' so lange dagegen gekämpft, gegen die Versuchung; und ein Blick in dein Gesicht sagt mir heut wie vor Jahren, wie zwecklos – Du ... halt mich fest ... halt jetzt mich fest ...«

Ihre Stimme versagte.

Er löste sich sanft von ihr und sah sie mit überströmenden Augen an.

»Weil ich dich lieber habe als mein Leben, Gertrud, fleh' ich dich an: Komm zu dir! Trude, es geht doch nicht ... es geht nicht mehr ...«

Sie wurde schneeweiß und warf sich in einen Lehnstuhl.

»Du willst mich nicht?« fragte sie. Todesschreck

verzerrte ihr Gesicht. »Du liebst also doch Maggie?«

»Maggie!« sagte Seckersdorf tonlos und preßte beide Fäuste an den Kopf. Es schüttelte ihn wie ein Fieberschauer, von seinen bebenden Lippen rang sich kaum hörbar ein Wort: »Lebe wohl ...«

»Gertrud, leb' wohl,« sagte er dann fester. »Wir zwei, wir sind am Glück vorbeigegangen. Und diese Sünde rächt sich nun an uns. Wir müssen es tragen. Tapfer sein, Kind, tapfer ...«

Wie eine eiskalte Welle dröhnten die Worte ihr ins Ohr. Sie wollte schreien, aber sie konnte nicht, sie wollte ihn an sich reißen, aber die Arme versagten. Sie zitterte. Dann machte sie die Augen weit auf; sie sah voller Scheu in das blasse angstvolle Gesicht Hans Seckersdorfs, und sah hinter ihm, im Nebenzimmer, Maggie, geisterhaft blaß, auftauchen und verschwinden.

Sie griff nach der Stirn.

»Um Gottes willen.« Sie sprang auf, spähte hinein. »Niemand. Ich muß geträumt haben,« stieß sie hervor. »Wenn ich etwas gesagt habe ... und ich weiß, ich habe ... vergessen Sie's, ich bitte Sie ... vergessen ...« Sie winkte mit der Hand und ging hastig hinaus.

Der Abend mit den üblichen Aufführungen, dem darauf folgenden Souper und Tanz verlief programmäßig. Das Brautpaar machte in liebenswürdigster Weise und nicht gar so sehr ineinander versunken, wie es sonst zu sein pflegt, die Honneurs, und alle Gäste fühlten voller Befriedigung, daß sie ein harmonisches Familienfest mitfeiern halfen.

Auch daß man die Kurowskis, über deren Haushalt in letzter Zeit viel geredet worden war, in so gutem Einvernehmen sah, erhöhte das Behagen aller, die Gertrud von früher her kannten und sie jetzt, den Gerüchten nach, beklagt hatten.

Man staunte ihre märchenhafte Schönheit, die manche überirdisch, manche aber auch fieberhaft nannten, an, und man fand es sehr begreiflich, daß Kurowski wenig von ihrer Seite wich. Nur, daß er sie begleitete, als sie sich bald nach dem Souper zurückzog, und auch nicht wieder zum Vorschein kam, fiel hier und da auf, wurde schließlich aber in dem angeregten und frohen Treiben nicht weiter erörtert.

Am nächsten Morgen wurden Seckersdorf und Maggie getraut. Beim Hochzeitsmahl hielt Kurowski eine launige Rede, in der er dem jungen Gatten dasselbe Glück wünschte, wie er es an der Seite der ältesten Tochter des Hauses gefunden habe.

Der Oberförster Hagedorn feierte seinen fünfundsiebzigsten Geburtstag. Da es der letzte war, den er im Amt verleben wollte, hatte er den Wunsch ausgesprochen, seine Kinder noch einmal zusammen bei sich zu sehen.

In den sieben Jahren, die seit Maggies Hochzeit vergangen waren, hatte er mit Kurowskis in stetem, wenn auch flüchtigem Verkehr gestanden, Seckersdorfs dagegen auf Neusenburg, ihrem sächsischen Gut, nur zweimal besucht. Aber das war für ihn auch genügend gewesen, da seiner Meinung nach alles in bester Ordnung seinen Gang ging, bis auf die Kinderlosigkeit Maggies, die ihn um so mehr kränkte, als bei Kurowskis noch zwei kleine Mädchen eingekehrt waren.

Daß die beiden Schwestern sich nie sahen, obwohl doch über die alten Geschichten längst Gras gewachsen und Gertrud eine vernünftige, tüchtige Frau geworden war, hatte ihn anfänglich nicht viel gekümmert. Nun aber, da der Abschied aus dem Heimathaus näher rückte und hier und da auch die Ahnung des bald kommenden großen Abschieds einen weicheren Ton in seinem alten, harten Herzen anschlug, begann er sich darüber Gedanken zu machen.

Sie sollten sich unter seinen Augen, hier, wo sie zusammen herangewachsen und flügge geworden waren, aussprechen und ihm durch Zusammenhalten und Eintracht einen ruhigen und frohen Lebensabend verschaffen.

Gertrud sowohl als Maggie waren darauf eingegangen, als er sich von ihnen eine Zusammenkunft zu seinem Geburtstage gewünscht hatte, und so stand er denn nun heute in der Mittagsstunde auf der Veranda und spähte mit seinen noch immer scharfen kleinen Augen den Weg hinunter, den Seckersdorfs, die er von Romitten her erwartete, kommen mußten.

Fräulein Perl, eisgrau und gebückt, stand neben ihm und schwatzte über Dinge aus vergangenen Zeiten, als »unsere Mädchen« noch zu Hause waren. Der Oberförster nickte, und kaute mit den braunen Zahnstümpfen an den schmalen Lippen.

Die Sonne brannte. Heiße Luftwellen strichen mit schwülem Atem durch das rote Weinlaubgeäst hinauf, im Garten hoben buntfarbige Georginen ihre leuchtenden Köpfe, und die großen gelben Gloire de Dijon-Rosen füllten ihn mit starkem Duft. Aber hin und wieder erhob sich ein leiser kühler Wind und trug einen herben Modergeruch in die lieblichen Sommerdüfte. Dann sahen sich die beiden Alten mißvergnügt und leise schauernd an, und Fräulein Perl sagte: »Ja, der Herbst kommt doch schon.«

Wo nur Seckersdorfs blieben? beunruhigte sich der Oberförster. Kurowskis kamen erst eine Stunde nach dem Zuge, – aber Maggie war doch seit gestern in Romitten ...

Ja, wenn die wirklich ganz da bleiben möchten und das verwünschte Neusenburg aufgeben, auf dem sie doch Unglück über Unglück gehabt hätten – zu guter Letzt noch den großen Brand –, dann wäre für sie beiden Alten auch gesorgt. Dann brauchten sie keine enge Stadtwohnung in dem Nest, dem Friedland. Und der Seckersdorf wäre ein Kerl, mit dem sich's leben ließe, wenn er auch ein bißchen zu viel kneipte.

Fräulein Perl nickte sorgenvoll. »Ja, aber die Maggie, die doch so selbständig ...«

Die wäre längst nicht so hinter allem her, wie die Gertrud, meinte der Alte.

Fräulein Perl sprang auf. Eine Staubwolke erhob sich an der Biegung des Weges. Einige Minuten später hielt der Jagdwagen vor der Veranda. Noch derselbe, von dem Maggie einmal auf jener Fahrt nach Romitten triumphierend und siegesgewiß heruntergesprungen war. Das tat sie heute nicht. Ihr

Mann hob sie herunter, und langsam, den Staubschleier im Gehen in die Höhe schlagend, stieg sie hinauf und umarmte die beiden alten Leute.

Sie war sehr verändert. Mager geworden und dadurch größer scheinend. Über ihren unverwüstlichen Farben lag es wie ein gelblicher Ton, die großen Augen sahen spähend und unruhig, und ein unzufriedener Zug hatte aus dem lachenden Mund einen kummervollen gemacht. In ihrer Kleidung war sie schick bis zum äußersten, aber nicht ganz die Linie der Vornehmheit einhaltend.

»Ach, mein Maggiechen,« schluchzte das alte Fräulein, sie musternd, – »sieben Jahre, sieben Jahre – und so – und dein Haar ist ja so rot ... und ...«

»Ja, ja, Perlchen, und wir sind alle nicht jünger geworden ... Sieh dir den an ...« Sie schob ihren Mann vor.

Seckersdorf beugte sich über Fräulein Perls runzlige Hand und küßte sie.

Er war sehr gealtert. Seine stattliche Schlankheit war zu einem schlaffen Embonpoint geworden, das Gesicht etwas gedunsen, und die Augenlider hingen schwer über den leicht geröteten blaßblauen Augen.

»Kommt – kommt,« sagte der Oberförster. »Ihr seid alle Kinder gegen euren alten fünfundsiebzigjährigen Vater ...« Er murmelte gerührt etwas Unverständliches, und ging ihnen in das alte Wohnzimmer voran, in dem noch jeder Stuhl wie vor sieben Jahren stand.

Maggie fing plötzlich an zu weinen. Seckersdorf

wollte mit seiner dicken Hand über ihre Schulter streichen, aber er sah ins andere Zimmer und griff ins Leere.

»Und Gertrud?« fragte Maggie.

Der Oberförster sah nach der Uhr.

»Werden gleich da sein.«

»Wie sieht sie aus? Wie leben sie denn eigentlich? Der Auklapper erzählte gestern auf dem Bahnhof, daß sie so fromm geworden ist.«

Der Oberförster und Fräulein Perl erzählten durcheinander.

Sie war immer noch die Schönste; alle hatten das gesagt, neulich, als das große Provinzfest beim Oberpräsidenten gewesen war, und die Kaiserin hatte sich lange mit ihr unterhalten ... Und Kurowski, na, der war nach wie vor ein toller Heiland, aber er hatte einen Heidenrespekt vor seiner Frau. Wahrscheinlich von damals her, wo sie ihm endlich den Standpunkt klargemacht hatte. Und dann war sie ja auch so mit der Zeit tüchtig geworden, wie keine andere im ganzen Kreise, und das sah Kurowski wohl ein. Ein bißchen viel gesungen und gebetet wurde ja in Laukischken, aber natürlich im Dorf, und das schadete keinem; denn die Laukischker Leute wären wohl die besten in der ganzen polnischen Gegend da.

»Bei uns zu Hause war das auch so,« bemerkte Seckersdorf in Gedanken. »Meine Mutter hielt sehr darauf, daß die Leute kirchlich waren. Und eigentlich gehört sich das auch –«

Maggie lachte hell auf. Und erschrocken hielt er plötzlich inne.

Ein Wagen fuhr vor. Ein beklommenes Schweigen entstand. Dann gingen die beiden Alten hinaus. Seckersdorfs traten ans Fenster.

Maggie verschlang die Aussteigenden fast mit den Augen, während Seckersdorf rot und kurz atmend zur Tür ging.

Kurowski schien ziemlich derselbe. Etwas grau und fahl geworden, aber ebenso energisch in den Bewegungen, ebenso selbstbewußt, und ebenso überlegen ironisch. Aber Gertrud! Etwas voller, aber immer noch schlank, eine reife, blühende Frau und doch mädchenhaft anmutig, vornehm und liebreizend, eine andere, als vor sieben Jahren, aber eine bessere, eine höhere.

Maggie empfand das beim ersten Blick. Das Herz preßte sich ihr zusammen. Zugleich durchfuhr es sie wie ein Stich. Die Worte ihres Mannes anjenem Abend kamen ihr ins Gedächtnis: »Das liebe, weißblonde Köpfchen – das siehst du nie mehr darunter ...«

Und nun trat Gertrud ein. Mit einfacher Herzlichkeit, aber ohne Rührung ging sie ihrer Schwester entgegen. Ihre klaren Augen und ihre ausgestreckte Hand sagten mehr als Worte.

Maggie war ganz blaß geworden.

»Vor keinem Menschen auf der Welt, Gertrud, wird es mir so schwer –« begann sie, die Anwesenheit der anderen vergessend, leise mit zitternder

Stimme.

Gertrud zog sie an sich.

Da brach Maggie in ein fassungsloses Schluchzen aus.

»Maggie ... Kind ...« sagte Gertrud und streichelte das rotgefärbte Haar, das wirr den Kopf umbauschte.

Maggie machte sich los und strich sich mit bebenden Händen über das heiße Gesicht.

»Ich bin nervös geworden,« sagte sie mit ihrer etwas heiser klingenden Stimme und einem unsicheren Versuch, zu lachen. »Und du? Laß dich anschauen ...«

Gertrud runzelte ein wenig die Stirn, aber sie sah nach Seckersdorf und lächelte.

»Wir haben uns noch gar nicht begrüßt,« sagte sie, ihm die Hand gebend.

Ehrfurchtsvoll, tief sich verbeugend, küßte er ihr die Hand.

Gertrud trat schweigend zurück.

»Na, wenn denn alles so weit in Ordnung wäre,« sagte der Oberförster erleichtert, »könnten wir ja wohl auch zu Tische gehen, nicht wahr?«

Das war ein merkwürdiges Mittagessen.

Man sprach viel, auch über wichtige Dinge, wie die Übersiedlung der Seckersdorfs nach Romitten, die schon beschlossene Sache war. »Auf Maggies Wunsch!« sagte ihr Mann, da sie sich in die sächsischen Verhältnisse nie hätte einleben können. Weil man sie beständig ihre bürgerliche Geburt hätte empfinden lassen, meinte Maggie mit bösem Stirnrunzeln – »die Damen wenigstens.« Man erörterte auch, ob der Oberförster und Fräulein Perl mit hinüberziehen sollten. Seckersdorfs wünschten es, und die beiden Alten sträubten sich nur noch der Form wegen. Und so ging das Gespräch lebhaft und doch ohne eigentliche Wärme weiter.

Während über die Zukunft geredet wurde, lag doch jeder im Bann der Vergangenheit, und über dem Plänemachen maß sich einer am andern.

Schließlich verstummte das Gespräch.

»Und Sie, gnädige Frau?« begann da Seckersdorf stockend, gegen Gertrud gewendet, das erstemal, daß er sie direkt anredete.

»Ach was, – gnädige Frau,« unterbrach ihn der Oberförster ... »wenn ich auch zu alt bin, um mit aller Welt Brüderschaft zu machen, unter euch Jungen ist solche Steifheit doch die reine Unnatur. Ihr könnt euch ruhig 'du' nennen.«

Einen Augenblick schwieg alles. Gertrud und Maggies Augen trafen sich mit ernstem, fragendem Blick, Seckersdorfs Gesicht zeigte einen entschiedenen Protest, nur Kurowski lachte sichtlich amüsiert auf und sagte:

»Papachen, Sie sind unternehmend ... aber ... einverstanden.« Und den Blick voll funkelnden Hohnes hob er sein Glas gegen Seckersdorf.

Über Gertruds schönes, ernstes Gesicht flog ein

leises Zittern.

»Ich glaube doch, wir lassen uns Zeit damit,« sagte sie. »Wir unter uns wissen ja, daß wir sehr viele Mühe haben werden, uns miteinander einzuleben, nicht wahr? Wir haben alle den guten Willen, sicherlich ... aber ...«

»Meine Frau will also einfach nicht,« fiel Kurowski ihr etwas lärmend ins Wort. »Was sagen Sie zu ihr, Schwager? Und Sie, Maggie? Wir werden uns also die Sache überlegen, und in einiger Zeit wieder bei Euer Gnaden anfragen.«

Seine halb spöttischen Worte begleitete ein zufriedener Blick. Gertrud bemerkte ihn nicht, ebensowenig wie den dankbaren und bewundernden Seckersdorfs und den erschreckten und erstaunten ihrer Schwester. Sie sah still zu Boden.

»Die Gertrud ist jetzt immer so,« sagte der Oberförster mit dem klagenden Ton alter Leute, denen etwas nicht nach Wunsch geht. »Weiß Gott, wie das über sie gekommen ist. Früher –«

»Ja, setzen Sie ihr nur den Kopf zurecht, Papa, mir regiert sie manchmal auch ein bißchen viel,« meinte Kurowski. Gertrud sah ihn befremdet an, aber er lachte.

»Das heißt, wenn man ein Bummelante ist, wie ich, hat es schon seine guten Seiten, im Hause eine zu wissen, die die Augen offen hält ... was, Seckersdorf? Sie scheinen mir auch gerade nicht solider geworden als Ehemann. Und Frau Maggie ...«

»Ich habe gar keine Neigung zum Wachtmeister,« sagte die schnell. »Ich bin überhaupt weder Hausfrau noch Mutter ... Ja, Gertrud! Die Jungen hast du also im Korps? Und deine beiden Mädchen, die kenn' ich ja noch nicht. Wie alt ist jetzt die kleinste?«

Gertrud gab Auskunft und lächelte ganz unbefangen, als ihr Mann erklärte, es gehöre eigentlich zu den notwendigen Requisiten des Lebens, immer ein dreijähriges Gör um sich zu haben.

Und dann stand man auf. Der Oberförster mußte ruhen. Der Wein war ihm etwas zu Kopf gestiegen. Er war gerührt, umarmte seine Töchter mehrmals, und nannte Gertrud mit dem Namen seiner verstorbenen Frau »Ellinor«.

Fräulein Perl geleitete ihn. Kurowski nahm Seckersdorf unter den Arm und forderte ihn zur Zigarre und einem kleinen Rundgang auf.

Die Schwestern blieben allein, in demselben Zimmer, in dem Gertrud an jenem Herbstabend bitterlich klagend an Maggies Brust gelegen, demselben, in dem sie sich Seckersdorf in die Arme geworfen hatte.

Jetzt, in Maggies Gegenwart, flackerte die lang überwundene Bitterkeit mit einer müden kleinen Flamme wieder in ihr auf, und als Maggie mit halb ersticktem Schrei ausrief: »Trude ... Trude ... was ist aus dem Leben geworden?«, antwortete sie unwillkürlich: »Die Strafe für das, was wir verfehlt haben.« Aber dann besann sie sich gleich und trat zu der Schwester, die mit brennenden Augen zum Fenster hinausstarrte.

»Eigentlich ist das ja Unsinn,« sagte sie mit der alten, lieben Stimme, und drückte den Kopf Maggies an ihre Brust. »Man kommt schon wieder in die Höhe, auch wenn man etwas versehen hat, sobald man nur entschlossen ist, alles zu tun, was die Pflicht von einem fordert. Leicht ist das nicht, aber ich hab' es vermocht. Und du, Maggie?«

»Nein, nein, nein,« sagte Maggie heftig. »Man kommt nicht mehr in die Höhe, wenn man – Gertrud, ich hab' dich nutzlos betrogen, bin selbst am Glück vorbeigetaumelt. Er hat dich nie vergessen – und ich – Lieber Gott, ich bin mutlos zu allem anderen geworden, weil ich nicht einmal d a s in ihm habe überwinden können.«

»Und du liebst ihn?« fragte Gertrud zögernd.

Maggie schüttelte den Kopf.

»Ich liebe ihn nicht. Ich habe niemand lieb, wenn ich es auch manchmal möchte und oft geradezu danach suche. Aber dann, Gertrud, kommt die schreckliche Kälte in mir, und hinter allem lauert diese gräßliche Frage: Wozu?«

Sie schwiegen beide eine Weile.

»Komm, Maggie,« sagte Gertrud dann. »Wir wollen hinaus, es ist so bedrückt hier. Komm in den Buchengang.«

Und sie gingen hinaus. Es war ein holdseliger Frühherbsttag. Warme, bläuliche Dünste hoben sich von den Fichten und verschwebten duftend. Die Stoppelfelder, die durch den Waldeinschnitt sahen, lagen ausgedient und ruhend in funkelnden gelben

Streifen und Ecken da. Von den abgemähten Wiesen zog ein herber Feldkräutergeruch aus, und aus den Waldwegen quoll ein prickelnder, herbstlicher Atem.

»Solch schöner Herbst,« sagte Gertrud in Gedanken.

Maggie blieb stehen und umfaßte mit beiden Händen den Arm ihrer Schwester.

»Für dich, Trude, – für dich,« sagte sie beklommen. Und ihre Augen wurden naß.